JN015847
戸張と御子柴
孤島の夜の黄泉還り
TOBARI and MIKOSHIBA
A Night of Resurrection On a Solitary Island

目次

装幀　坂野公一（welle design）
装画　ホノジロトヲジ

その島では、「死者に会える」という。

そんな漠然とした伝説がまことしやかに囁かれ、人々は島に興味を示した。

もう二度と会えなくなった人。彼らに未練を抱いた人々が、無人となっている島に次々と渡っては消息を絶っていた。

不幸な事故に遭ったのか、それとも、死者とともに死の世界へと渡ったのか。

その島はいつしか、『根ノ島』と呼ばれるようになり、個人で上陸するのを禁じられるようになった。

0. 闇に葬られた事件

あれは天罰だ。

あいつは島の秩序を乱した。

自分達は今のままでも幸せだったのに、よりよい暮らしとやらを押し付け、あまつさえ、オヤドリ様のお住まいも壊そうとした。

だから、天罰が下ったのだ。

後頭部から血を流して倒れ伏しているあいつ。それを取り囲む島の人々。

自分が見知った気のいい人達は、みんな鬼のような形相をしていた。

島を守るために、仕方がないことなのだ。大切なもののためなら、鬼にもなるだろう。

やがて、彼らは頷(うなず)き合い、あいつの死体を引きずっていく。あいつが掘った穴を、そのままあいつの墓穴にするために。

その様子を見届けようと前のめりになった瞬間、パキッと足元で音がした。小枝を踏んでしまったのだ。

「誰だ！」

声が投げられるか投げられないかのうちに、慌てて踵を返した。森の中に身を隠せばもう見つからない。獣がいたとでも思われるだろう。

心を鬼にした顔見知りに、一部始終を見てしまったことを悟られるのが恐ろしかった。

この島はみんなが家族のようなもの。口封じをされたら明るみに出ないだろう。

本当は、自分もあの中に加わりたかったのに、子どもだという理由で叶わなかった。自分だって島のことを想っているし、あいつを排除してやりたいと人一倍思っていたのに、なんたる理不尽。

だが、それ以上に、息絶えたはずのあいつの顔が、そして、目が、こちらを凝視していたような気がしてならなかった。

あいつが天罰を喰らったはずなのに。

オヤドリ様の障りに遭ったはずなのに。

なぜ、こんなにも恐ろしい気持ちになるのか。

あいつの目から逃れたかった。

その気持ちが、自分をじっとりと湿った森の中へと向かわせたのであった。

1. 小説家、動画配信者と出会う

某出版社の打ち合わせスペースにて、戸張尚也は苦悶の表情を浮かべていた。

対するは若き女性編集者。彼女は聡明そうな双眸に悲観を滲ませ、重々しい溜息をゆっくりと吐いた。

「大変申し上げにくいのですが――」

「新刊が売れてない。そうおっしゃりたいんでしょう、飯田さん」

皆まで言わせまいと、戸張が先回りをする。

飯田と呼ばれた編集者は、項垂れるように頷いた。

「今の時代、幻想小説というのはやはり手に取ってもらうことが難しくて……。当社としても手を尽くしたつもりなのですが、力が足りず申し訳なく……」

「いや、こちらこそ申し訳ない。今流行りのジャンルでないことは、既に企画の段階で言われていたのに押し通してしまって」

「私は、戸張さんの小説が好きなんですけどねぇ……」

飯田と戸張は、二人同時に溜息を吐いた。

戸張は小説家だ。

彼は幻想小説でデビューしており、それから十年、ずっと幻想小説を書き続けている。

幻想小説とは神秘的空想世界を描いたものであり、その一例として幽霊や悪魔などの超常的な存在を扱ったものがある。かつては、芥川龍之介や夏目漱石などの文豪が扱ったジャンルでもあったが、時代が進むにつれて人々を取り巻く世界の神秘性が薄れ、今やすっかりニッチなジャンルとなってしまっている。

それゆえに、戸張の小説もまた世間から大々的な需要があるとは言えず、ここ数年ですっかり刊行点数が少なくなり、初版部数も減っていた。

気付けば三十代も後半になり、再就職という選択肢も難しい年頃になっていた。ライター業と兼業して、日々の生活費はなんとか賄えているが、この先、本を出せなくなってしまったら、ライター業だけでは食べていけない。

気付いた時には、眉間に深く皺が刻み込まれていた。ただでさえ気難しい戸張の顔が、更にしかめっ面になる。

その向かい席で、童顔の飯田もまた腕を組んで頭を悩ませていた。

「戸張さん、ジャンルを替えましょう！」

天啓が降って来たのか、飯田は目の前のテーブルに手をついて身を乗り出す。

「ジャンル替えというと、もう少しライトにしてファンタジー小説にするとか、ですか？

私の文章自体がどうも重くなってしまうので、なかなか難しいところですが……」

やぶさかではない。

そう答えようとした戸張であったが、飯田が遮る。

「ミステリーです！」

「ミ、ミステリー……」

戸張は固まった。飯田は目を輝かせていた。

「だって、戸張さんはエドガー・アラン・ポーがお好きじゃないですか！　戸張さんが書かれる作品の舞台も孤島や廃村で、ミステリー的な雰囲気抜群ですし！」

戸張は、腕にもぞもぞとした違和感を抱く。

「確かにポーは好きだが、それは彼の幻想的な——恐怖小説と呼ばれる部分であって、ミステリーの部分じゃない」

「でも、素養はあると思うんですよ。ミステリーなら人気ジャンルですし、手に取ってもらいやすいはずです。もちろん、人気なのでライバルも多いですが、戸張さんなら大丈夫！」

なにが大丈夫なのか。

戸張は抗議したい気持ちを抑えながら、腕をさする。

「ミステリーを勉強したいのでしたら、遠慮なく言ってください！　私、おススメのミステリー小説を戸張さんのご自宅に送るので！」

飯田はすっかりやる気だ。単純に、ミステリーが好きなのだろう。

「飯田さん、まずは落ち着いて」

戸張は、身を乗り出している飯田に座るよう促す。

「私はポーが根底にあるから、『The Murders in the Rue Morgue』のようになりますよ」

「助手役の語り手がいて、推理を披露する探偵役がいるっていう王道の構図ですね」

「いいや。犯人が」

戸張の言葉に、飯田はしばし、虚空を見つめる。

「う、うーん……。大胆な推理劇でいいとは思うんですが、やはり犯人はある程度の美学か背景を持っている方が萌……燃えるというか」

「ミステリーは、自分には些か不向きだと思うんですがね」

悩む飯田に、戸張が腕をさすりながら追撃する。彼の仕草に気付き、飯田は首を傾げた。

「戸張さん、さっきからどうしたんですか？　蚊に刺されました？」

「いいや。あなたがミステリーを書けだなんていうから、蕁麻疹が出てきたんですよ」

戸張は赤みを帯びた腕を見せる。

腕一面を覆う発疹に、飯田は目を丸くした。

「ミステリーを書くのがそんなに嫌なんですか？」

「ミステリーが嫌というより、物語の全てを現実のものにするのが嫌なんです。せっかく自分が世界を創造できるというのに、現実のものばかり書くのは楽しくない。それに、不思議なことは不思議なままというのが美しい場合もあるでしょう。何でもかんでも解決してしまっては面白くない。想像の余地がないじゃないですか」

戸張は一気にまくし立てる。飯田は黙って、それを聞いていた。

「小説なんていう曖昧な媒体で物語を紡ぐ以上、現実から離れた非現実を書き、幻想の世界を作り上げたいんですよ。現実の話を書かないというのは、私なりのポリシーなんです」

「戸張さんがおっしゃることはよく分かります」

先ほどまで子供のようにはしゃいでいた飯田は、戸張を諭すように言った。

「私も、戸張さんにはのびのびと作品を作ってもらいたい。戸張さんの小説は難しいところがあるけれど、夏の夕暮れみたいな心地よさがあって私は好きなんです。でも、それを一人でも多くの読者さまにお届けするには、まず、手に取ってもらいやすい形にしなくてはいけないんです」

飯田は戸張を見つめ直す。

彼女の目からは、真摯な気持ちが伝わってきた。彼女なりに戸張の小説を多くの読者に広めようとしているのだ。

手に取り辛いから、中身を読んでもらえない。だから、手に取りやすい形態にしなくてはいけない。そのために、人気ジャンルに方向転換するというのも手段の一つだというのは理解できる。

だが、戸張のポリシーが邪魔をしていた。

つまらないプライドなら捨ててしまおうかとも思っていたが、身体がもう、発疹が出るほどの拒絶反応を示している。いざ執筆の段階になったら、高熱を出して寝込むかもしれない。

原稿が上がらなければ、本末転倒だ。

しかし、戸張に飯田以上の妙案が浮かばない。

飯田の善意と真剣さに満ちた視線が痛い。彼女の聡明なアドバイス通り、人気ジャンルに方向転換し、多くの精鋭の作家たちとしのぎを削る気概があればいいのだが、その土俵にすら上がれない。

何とか、他の手立てはないだろうか。

要は、つい先日発売した新刊が売れればいいのである。

幻想小説で実績が上がれば、戸張は幻想小説を書き続けられるのだ。

ぎゅっと眉間に皺を寄せ、ありったけの知恵を絞る。だが、焦れば焦るほど空回りしてしまう。ＳＮＳでいい話をしてバズった勢いで新作の宣伝をするとか、芸能人に新作を紹介してもらうという荒唐無稽（むけい）な案も浮かび上がった。

「いやいや。現実でそんな非現実的なことを考えるなんて、もはや妄想だ……」

戸張は慌てて迷案を振り払う。

「あれ？　もしかして、戸張尚也センセー？」

不意に、背後から声が聞こえた。

「ああ、そうだ。幻想小説が売れなくて、ミステリー小説を書こうにも蕁麻疹が出る戸張尚也だ……！」

いっそ殺せ、と自虐の境地に至る戸張であったが、飯田が目を丸くしているのを見て、その視線を追った。

「どーも。戸張さんって聞こえて来たから、まさかと思って」

髪を白銀に染めた青年が、背後のパーティションからひょっこりと顔を出していた。

どうやら、隣のブースで打ち合わせをしていたらしい。青年の背後から、申し訳なさそうに頭を下げる編集者と思しき男性もいた。

「君は……？」

戸張は、相手を不思議な心地で見つめる。

やけに爽やかで小綺麗な青年であった。髪はソフトツーブロックにしていて、ワンポイントのシルバーピアスがよく似合っている。

ナチュラルメイクの飯田に劣らないほど発色と形がいい唇だが、リップを付けているのだろうか。そう言えば、最近の若者は身綺麗にしていて、メンズメイクをしているのだと聞いたことがある。

戸張は、古い時代の自分とは違う次元の人間を見ているような気になる。だが、そんな相手は人懐っこい笑みを寄こした。

「あっ、センセーはオレのこと知らない？　オレはセンセーのこと知ってんのにな」

「……いいから、名乗りなさい」

勿体ぶる相手に、戸張は苛立ちを感じる。露骨に棘を含んだ声に怯むことなく、相手は笑顔のままであった。

「オレの名前は――」

「御子柴ユウくん！」

飯田が立ち上がり、興奮気味に言った。

「あたりー！」

御子柴と呼ばれた青年は、嬉しそうに破顔する。

「うれしー。もしかして、オレのチャンネル見てくれてるんですか？」

「勿論！　メンバーシップですから！　というか、弊社の橋坂と打ち合わせをしているということは……」

御子柴の背後で慌てている男性編集者は、橋坂というらしい。橋坂は観念したように、声を潜めてこう言った。

「実は、うちの部で書籍化をさせて頂くことになって……」

「なんと！　弊社から御子柴く――さんの本が！　うわーっ、有り難う御座います！」

飯田はファンとして目を輝かせつつも、版元の一編集者として姿勢を正しながら拍手をする。対する御子柴は、「どうもっす」と照れくさそうにはにかんだ。

「……私だけ話が見えないんだが」

すっかり蚊帳の外に置かれた戸張は、眉間を揉んだ。

「あっ、すいません」

飯田は咳払いをして調子を取り戻す。

「彼は御子柴ユウさん。今人気の動画配信者なんです」

「どーも。御子柴です」

御子柴は、白い歯を見せて軽やかに笑う。

「動画配信者？」

「えっ、センセーは動画配信者が何かも知らないんですか？　動画投稿サイトで活動している――」

「言葉の意味くらい知ってる」

御子柴が説明しようとしたので、戸張はぴしゃりと遮った。

「だが、私にはあまり馴染みが無くてね。遠い世界の人間とばかり思っていたが、まさか、こんなところで会うとは……」

「オレも驚きですよ。小説家センセーなんて雲の上の人かと思ったのに、まさか、生で見られるなんて」

「小説家くらい、その辺にいる」

現に今、この出版社で打ち合わせをしている小説家は、自分だけではないはずだ。

「それは、センセーが小説家だからそう思うんすよ。オレみたいな一般人は、なかなか出版社なんて入れないし」

「ううん……」

御子柴の言葉に、戸張は自尊心がくすぐられるのを感じる。

「オレ、戸張センセーのファンなんですよ」

「えっ、そうなのか？」

目を丸くする戸張に、御子柴は頷いた。

「新刊もマジで面白くて、超やべーって思いましたもん。ラストなんてエグいほどエモくて」

「……それは本当に、私の小説の感想なのか？」

具体的なことは何一つ読み取れなかった。

戸張に呆れられていることに気付き、御子柴は「やべっ」と舌を出した。

「すみません。オレ、撮られてないと語彙が死ぬんですよね。動画ではもうちょっと気が利いたことが言えるんですけど」

御子柴は一方的にそう言ってから、ハッと何かに気付いた。

「そうだ！　センセーの新刊、オレのチャンネルで紹介しましょうか！」

「それ、良いですね！」

答えたのは飯田だった。

「聞き耳立てる気はなかったんですけど、センセーの新刊の売れ行きがあんまり良くないみたいじゃないですか。オレのチャンネルで宣伝したら、ほんの少しでも売り上げに貢献できるかなと思って」

「気持ちは有り難いんだが……」

御子柴のチャンネルとやらは、一体どれくらいの人間が見るのだろう。飯田はファンのようだし、御子柴自体が人気のようだが、動画投稿サイトの文化に詳しくないので、雲を摑(つか)むような話だ。

「戸張さん、ここは御子柴さんにお願いしましょう」

「まあ……」

猫の手も借りたいくらいだし、と言おうとした戸張であったが、飯田の話には続きがあった。

「御子柴さんのチャンネル、登録者数が一〇〇万人ですから」

「ひゃくまん！」

戸張はひっくり返りそうになった。

戸張の新刊である単行本の初版部数は数千部だ。そのどれだけが買われたのか分からないが、多くても数千人の手にしか渡らない。

だが、御子柴のチャンネルは一〇〇万人に見られているという。小説が単巻で一〇〇万部売れたら大ヒットで逆転ホームラン。一躍、ベストセラー作家になれる。

「まあ、チャンネル登録なんてタダですしねー。ちょっと興味があればポチッちゃうっていうか」

御子柴は謙遜してみせる。

だが、彼のチャンネルには書籍化の打診が来ているという。それはつまり、彼のチャンネルを書籍にして、それを買うという人間がいることが予想されているということだ。

御子柴の本は、下手をしたら戸張よりも初版部数が多い可能性がある。

戸張は気が遠くなった。

「ち、因みに……」

何とか意識を保ちながら、戸張は御子柴に問う。

「君のチャンネルとやらは、どういう趣旨なんだ？」

「あっ、うちは心霊検証チャンネルです。『御子柴心霊検証チャンネル』ってやつ」

御子柴はそう言って、慣れた様子でスマートフォンを弄り、自分のチャンネルを画面に映してくれた。

なるほど。たしかに、おどろおどろしいサムネイルがずらりと並んでいる。どうやら、あちらこちらのミステリースポットを訪れて、噂の真相に迫るという趣旨らしい。

驚くべきは、動画再生回数だった。

ほとんどの動画が、何百万回となっている。御子柴のチャンネル登録者が繰り返し見ているのか、チャンネル登録者以外にも動画が拡散されているのか、どちらかである。

宣伝効果は高そうだ。

動画投稿サイトに詳しくない戸張にも、それは明白であった。

「しかし、紹介は有り難いが、こちら的には申し訳ない気もするな……」

なにせ、自分より一回りかそれ以上若い相手に宣伝をしてもらうわけである。罪悪感がちくちくと胸を刺す戸張に対して、御子柴は屈託のない笑みを浮かべた。

「大丈夫っす。センセーにはやってもらいたいことがあるんで」

「やってもらいたい……こと？」

「えっ、センセーはタダでオレに頼もうとしたんですか？」

「いや、流石にそれは……」

「ですよねー。流石は戸張センセー」

御子柴の無邪気で明るい笑顔が恐ろしい。これで、後戻りが出来なくなってしまった。

「オレ、今はソロで活動してるんですよ。でも、やっぱり限界があって。最低でももう一人必要なんですよね」

ミステリースポットは危険な場所も多い。廃墟(はいきょ)であったり、廃村であったり、中にはスマートフォンが圏外になってしまうところもある。

そんな危険地帯に行くには、相方が必要不可欠だ。

「つまり、私に君の手伝いをしろと？」

「すげー。センセー、話が早すぎ！　今丁度、取材したいミステリースポットがあるんで、そこに同行して欲しいんですよ。そしたら、オレの視聴者さん達もセンセーのことを知ることができるし、宣伝効果も上がると思うんですよね」

「なるほど……。一理ある」

確かに、一理ある。だが、上手く丸め込まれている気がする。

この御子柴という青年、砕けた口調と軟派な態度だが、話を運ぶのが上手い。話を聞いている飯田はすっかりやる気だし、ハラハラしながら成り行きを見ている橋坂も口を出して来なかった。

「……どこに行くつもりだ？　海外ならお断りだぞ」

「んーと、ここですね。──『根ノ島』」

御子柴は自らのスマートフォンを操作し、画面上に地図を映し出した。

『根ノ島』。

それは、某離島のすぐそばにある無人島で、奇妙な噂があるミステリースポットだという。

その噂とは、「死者に会える」というものだった。

「死者に会えるとは……どういうことだ？」

「それを確かめるために行くんです」

御子柴はきっぱりと言った。

「面白そうじゃないですか！」

飯田は目を輝かせたまま二人の間に割り込む。

「無人島と不可解な伝説！　戸張さんの作品の雰囲気にもぴったりですし、取材がてら行ってはどうですか？　そして、次の作品の構想を練りつつ、御子柴さんと親睦を深めて新作を宣伝してもらってください！」

「い、飯田さんは行かないんですか？」

飯田の勢いに気圧されながら、戸張は問う。

すると、飯田は悲しそうな顔をした。

「そりゃあ、私だって一緒に行きたいですよぉ。生の御子柴さんを思う存分、網膜に焼きつけたいですし。でも、校了しなくてはいけないものが山積みになっていて……」

飯田は涙を拭うふりをする。

「それじゃあ、お土産を買って来ますよ。文芸局に送りますね」

御子柴は飯田に微笑みかける。飯田はぎゅっと心臓を押さえた。

「ああっ、お気遣い恐れ入ります……！　またライブ配信してくださいね。スパチャ投げるので」

「あっ、スパチャ投げてくれてるんですね。いつも有り難うございますっ」

御子柴が白い歯を見せて爽やかにウインクをする。

「くぅ……！」

飯田は顔に手を当てながら呻き声を漏らす。

「だ、大丈夫ですか」

「大丈夫です。ちょっと尊くて眩暈が……」

戸張の問いに、飯田は息を荒らげながら答えた。

「えっと……。戸張先生が御子柴さんと一緒に取材に行かれるなら、現地の旅費くらいはうちの部署が持てるかなって……。ただし、御子柴さんが書籍化に当たって、今回の旅のことを書いてくれることが条件ですが」

橋坂は低姿勢になりながら、戸張と御子柴を交互に見やる。

「オレはオッケーっす。取材費ってことで、経費で落ちるんでしょ？　オレ的にも、書籍に掲載することとありきで撮影するのやってみたいし」

「ああ、よかった。それじゃあ、現地の諸々はこっちで手配しますね。流石に現地までの交通費は厳しいので、自費になってしまいますが……」

根ノ島と呼ばれる無人島の本島になる離島は、羽田空港から飛行機で行くか、船で半日以上かけて行くかのどちらかになる。いずれにしても、交通費が馬鹿にならないだろうと戸張は思った。

「……待て。すっかり、私が行くことになってないか？」

「えっ、行かないんすか？」

御子柴はキョトンとした顔を戸張に向ける。飯田も、橋坂すらも同じ顔をして戸張を見つめていた。

もはや、断れない状況だ。

「くっ、分かった。分かりました。お引き受けしましょう」

半ば、ヤケクソだった。自分の退路はすっかり塞がれていた。

「やった！　頑張りましょ、戸張センセー」

御子柴は右手を高く掲げる。戸張が戸惑っていると、「ハイタッチっすよ」と右手を上げることを促された。

パチン、と二人の手のひらが重ねられる。というか、戸張が手をのろのろと上げたところで、御子柴がすかさず重ねただけだが。

不安しかない。

新刊の売り上げが芳しくないと言われた時以上に、心が重かった。

御子柴とは、住む世界があまりにも違う。

彼は若さに満ち溢れていて瑞々しく、天真爛漫でコミュニケーション能力が優れている。

だが、自分はどうだろう。

戸張は昔から、今とほとんど変わらない。それは、若いままというわけではなく、若い頃から老けていたのだ。人生に疲れて枯れたような顔つきで、眉間の皺も相俟って他人が近づき難い人相になっている。

その上、初対面の相手には人見知りをしてしまう。

出版社のパーティーに招待されても、他の作家と話す取っ掛かりが見つけられず、隅でひたすらローストビーフをおかわりすることしか出来なかった。

御子柴が陽の者ならば、自分は陰の者だ。

そんな彼と、一体何を話したらいいのやら。しかも、彼とともに取材をするなんて。

「待てよ」

「どうしたんすか？」

「無人島の取材というのはやはり、カメラを回すのか？」

「当たり前じゃないですか。それで動画を一本作るんですよ」

御子柴はあっけらかんとしている。

「一人での撮影が困難だから相方を探していたと言っていたしな……。それじゃあ、私が君の撮影をすることになるのか？」

「やだなぁ。センセーにそんなことさせるわけないじゃないっすか」

御子柴は笑いながら、戸張の背中を軽く叩(たた)く。

「撮影はオレの自撮り。ハンディカムを持って行くんで」

「では、私は」

「センセーはいつも通りにしててください。んで、カメラを向けたらなんかコメントしてくれたらいいっす」

「カメラを向けたら？」

戸張は復唱する。嫌な予感しかない。

「そう。センセーもオレの動画に出演するんですよ？　そうじゃないと、書籍の宣伝にならないし」

「私が、動画に？　チャンネル登録者数一〇〇万人の？」

「うっス」

御子柴は頷く。戸張は倒れそうになる。

「戸張さん、羨ましいなぁ。私も御子柴さんとコラボしたいですよ」

飯田はすっかり盛り上がっている。

「いっそのこと、あなたが私の影武者として出演してもいいのでは⁉」

「それはダメです。御子柴さんは女性ファンが多いので炎上しちゃいますよ。私も、他の女性とコラボされるのはちょっと……」

飯田は言葉を濁した。戸張にとって、彼女の言い分は全く理解が出来なかった。

「はぁ……。とにかく、善処しよう……」

「当日はよろしくお願いしまーす！」

戸張は肩を落とし、御子柴はテンションを上げる。

苦手なジャンルの作品を作る以上に厄介なことになったと、戸張は頭を抱えた。

頭を抱えながら帰宅した戸張は、御子柴のチャンネルとやらにアクセスする。

動画の中の御子柴は、戸張と会った時よりもずっと語彙が豊富で、真剣な表情も多かった。

彼は真夜中に人気のない廃墟に入り込み、幽霊の声が聞こえるという噂が本当かどうかを検証する。

機材を入れて念入りに調査をした結果、それは廃墟の中の反響が生み出したものであったり、近くの国道から聞こえる車の音であったりした。

謎を解いていく御子柴は、まるでオーギュスト・デュパンだ。ポーの小説に登場した、世界初と言われている名探偵である。

謎の綻びを見つけた時の彼の鋭い眼差しは、動画越しでもドキッとしてしまう。

謎を絶対に解いてやるという、狩人の目だ。

「それにしても……」

戸張は気になって仕方がなかった。

いくら男とは言え、屈強でもない御子柴が人気のない廃墟をうろつく姿は、なんとも危うかった。いや、屈強であったとしても、不測の事故に遭ってはどうしようもないだろう。

御子柴が相方を必要とする理由も分かったし、この無謀な青年を守ってやりたいという庇護欲にも似た感情が湧いてきた。

だが、それと同時に、戸張は腕や首の辺りに違和感を覚える。

蕁麻疹だ。

「くそっ……。やっぱり出てきたか」

幽霊の声が聞こえるというミステリアスな廃墟に名探偵が入り、それが枯れ尾花であることを客観的に明かしていく。

推理小説さながらの手際を見た戸張は、謎が明らかになるにつれて落胆が大きくなっていった。

「謎は謎のままでいいじゃないか」

戸張は思わず、そう呟く。

幽霊の声が聞こえるというのならば、そのままでいい。正体が分からないものに触れることで込み上げてくる、特別な感情というものがあるはずだ。

戸張は、それを大切にしたかった。

「何故、私の小説なんぞを読むんだ？」

戸張の作品で生じる謎は、最後まで解決されないことが多い。

戸張側で全ての道筋をしっかりと考えているものの、作中で明かされる部分は少なく、読み手に委ねる部分が多かった。

それ故に、物語を考察したいという欲求がある一部の読者には人気があるのだが、いかんせん、分かりにくいしカタルシスが得られないという理由で、幅広い層に支持されず、レビューは「よくわからなかった」というものか、恐ろしく長い作品の考察が投稿されるかの二極化していた。

もっと、分かりやすく万人受けするものが書けたらいいのに、とは思う。

御子柴の動画は分かりやすく、謎が明らかになるというカタルシスも得られて、戸張も蕁麻疹を出しながらとはいえ楽しめた。レビューも分かりやすさを称賛するものが多く、あとは、御子柴のルックスの良さについての言及が目立つ。

「メインパーソナリティーの見た目が良く、結論までの筋道が分かりやすく、かつ、視聴者を裏切らない……か」

彼のチャンネルから、何か学ぶことがあるかもしれない。

そう思った戸張は、気が付いた時には次の動画に見入っていた。


御子柴と再会したのは、数週間後だった。

羽田空港で待ち合わせをし、離島行きの飛行機に乗る。御子柴は窓側に座り、離陸の際は外に向けてハンディカムを回していた。

「もう撮ってるのか……」

「動画の素材は多い方がいいじゃないですか。あっ、帰りは戸張センセーに窓側を譲りますよ」

「いや、結構。というか、まだ心の準備が……」

「大丈夫です。飛行機の中は写さないんで、リラックスしててください。写り込むのが嫌なお客さんもいるだろうし」

◦ 3 ◦

窓に張り付きながら、御子柴は言った。

「そういうところはちゃんとしてるんだな。動画の撮影も、それぞれの廃墟や施設の管理者に許可を取っていたようだし」

「えっ、オレのチャンネル見てくれたんです？」

御子柴は弾かれたように振り向き、目を輝かせる。じゃれつく子犬のような眼差しに、戸張は思わずのけぞった。

「ま、まあ、君の動画に関わるのなら、事前に知る必要があるだろう」

「マジ感激っす！　どうでした？　オレの動画！」

戸張は御子柴の動画を思い出しながら、腕をさする。

「ストーリーがちゃんとあって、エンターテインメントとしても優れていると思う。脚本は君かな？」

「いや、脚本なんてないですよ。あれはガチです」

御子柴はあっけらかんとしていた。

「そ、そうなのか？」

「んー、最初におおよその手順は考えておくんですけど、あとはアドリブですね。オレは役者じゃないんで、脚本とか用意しちゃうと棒読みになりそうで」

「アドリブであそこまで分かりやすくドラマチックに出来るなら、大したものだと思うがね」

「どーも。編集もいいのかもしれないですね。あれはオレの友人が編集しているんです」

「ほう？　その友人は、一緒に撮影をしないのか？」

「めっちゃ怖がりなんですよ。一回一緒に行ったんですけど、廃墟の入り口から動けなくなっちゃって」

御子柴は困ったように笑う。

「なるほど、それは難儀な……。まあ、私も得意な方ではないが」

「それマジっすか？　戸張センセー、幽霊や魑魅魍魎が出る小説を書いてるじゃないですか」

「疑問に思っていたんだが……」

無邪気な御子柴に、戸張は眉間を揉んだ。

「君はあんなに現実的なのに、どうして私の小説なんかを好きになるんだ」

「そりゃあ、自分にないものに憧れるからですね」

御子柴は即答だった。

「憧れ……だと？」

予想だにしていない単語に、戸張はたじろぐ。

「あっ、雲抜けた！　見てくださいよ、ほら。めちゃくちゃ青空！」

飛行機は雲を抜け、高度が安定したらしい。座席ベルトのサインが消えるのと同時に、御子柴は窓の外を戸張に見せる。

「ああ、まあ、綺麗だな……」

「センセー、意外とクールなんですね。小説はもっとねちっこい感じなのに」

「ねちっこい言うな。他に、どんな小説が好きなんだ？」

褒め言葉なのかそうでないのかよく分からない感想から逃れるために、戸張は話題を切り替えた。

「うーん。ミステリーはかなり好きですね」

「だろうな」

戸張は腕をさする。

そんな戸張に、御子柴はそっと耳打ちをした。

「あとは……ちょっとエッチなやつですかね」

御子柴の言葉に、戸張はギョッとしながら小声で叫ぶ。

「君、そんな爽やかな見た目をして官能小説を……？　いや、若いから仕方がないか……。因みに、どんなやつが好きなんだ？」

「谷崎潤一郎(たにざきじゅんいちろう)っす」

「渋い！」

戸張は思わず、声を裏返してしまう。すぐそばを通り過ぎようとしたキャビンアテンダントが、目を丸くした。

戸張は慌てて、声を潜める。

「谷崎作品を、ちょっとエッチなやつと表現する人間は初めて見たぞ」

「えー、エッチじゃないですか？　あと、フェティシズムをくすぐるっていうか。他の本だと得られない良さがありません？」

「君もたいがい、ねちっこいタイプなんだろうな……」

あまりにもどうでもいい情報を知ってしまった。

「まあ、君が意外と文学青年だということは分かった。しかし、谷崎を読んでいるのに、なぜ、その程度の語彙なんだ……」

「文章にするのと口に出すのって違くないですか？　あと、インプットしたからってアウトプットできるとは限らないっていうか。アウトプットできるの、センセーみたいなクリエーターの特殊技能ですから」

「ううん……」

特殊技能だと断言されては、戸張も強いことが言えない。

戸張はしばらくの間、それ以上話題を思いつかず、視線をさまよわせていた。当の御子柴は窓の外を撮っているが、同行者との間で沈黙が続くとどうも居心地が悪い。

「あ、そうだ」

戸張の気まずさを察したのか偶然か、御子柴は声をあげる。

「根ノ島について、調べてみました？」

「あ、ああ。もちろんだとも」

「さすが」

御子柴は、ニッと笑った。

根ノ島とは、通称であった。

正式な名称は他にあるし、地図に載っているのもその名前だ。

だが、「死者に会える」という伝説があるためか、根ノ島と呼ばれるようになってしまったのである。

根ノ島の名前の由来は、この世ならざる者の世界が『根の国』と呼ばれるがゆえだろう。

戸張は、「死者に会える」という伝説を調べてみたのだが、決定的なことは分からなかった。

根ノ島に上陸した人の体験談では、亡くなった祖父の声を聞いたとか、亡くなった猫の姿を見たというものがあるが、真偽のほどは分からない。

因みに、個人の上陸は禁止されているが、本島の自治体が管理しているツアーでの上陸は可能とのことで、橋坂はそのツアーを予約してくれていた。

しかし、戸張には死者以外に気になることがあった。

「件(くだん)の島、かつては人が住んでいたらしいが、感染症が蔓延(まんえん)して無人島になったんだってな」

「そうそう。なんか気になりません？　感染症と死者」

御子柴の顔は笑っていたが、目は鋭く研ぎ澄まされていた。

「君はその謎を解きたい。そういうことかな？」

「もちろん。感染症が具体的にどんなものか分かりませんけど、根ノ島特有のものらしいっすね。死者に会えるっていうのも根ノ島限定ですし、関連性があったら撮れ高もあるかなって」

撮れ高、と言う御子柴の口調は無邪気なままであったが、その双眸は獲物を狙う獣のようだ。

動画で見た顔だ。彼は狩りをするように、謎を解こうというのである。

戸張は腕をさする。御子柴に気圧されながらも、なんとか反論した。

「私は感染症に罹患（りかん）したくない」

「まさか、センセーを罹患させようなんて思ってないですって！　まあ――」

「君もダメだぞ」

御子柴が続く言葉を紡ぐ前に、戸張はぴしゃりと言った。

それを聞いた御子柴は、キョトンとしていた。

「な、何をまじまじと見ているんだ」

「いや、なんか、センセーにそんな風に心配されるとは思ってなくて」

「心配するのは当たり前だろう！　君は年下なんだぞ。若者が無茶をしないように見張るのが、中年の役目だ」

戸張は大袈裟にふんぞり返る。

「センセー、まだそんなに中年って感じもしないですけどね」

「無駄に持ち上げるな。とにかく、君が無茶をしそうになったら、私は全力で止めるからな」

「うっス」

御子柴は頷いた。

本当ならば、謎を解こうとしたら止めたいくらいだが、御子柴の活動を邪魔することになってしまうので自重した。

死者と出会える島、根ノ島。

その死者の正体が枯れ尾花であろうと、打ち寄せる波の音や原生動物の影であろうと、戸張は放っておいてほしい気持ちの方が強かった。

「戸張センセーは」

「ん?」

御子柴は外の風景を存分に撮ったのか、録画を止めながら尋ねる。

「会いたい死者とかいるんです?」

「うーん」

御子柴の問いに、戸張は首をひねる。

「祖父母は亡くなっているが、特に未練もないからなぁ。会えたら嬉しいだろうが、会えたからと言って何かをしたいわけでもない」

「ペットとかは？」

「犬や猫の類(たぐい)は飼ったことがないからな。小学校の頃にザリガニを飼ったくらいか」

「ザリガニいいじゃないっすか！　オレ、いるなら見てみたいですもん。ザリガニの幽霊！」

冗談だか本気だか、御子柴は盛り上がる。

「君はどうなんだ？　その、未練とかは」

「うーん、どうだろ」

一瞬だけ、御子柴の目が泳ぐ。

戸張は不思議に思うものの、御子柴はすぐに笑顔を寄こした。

「オレはカブトムシ！　小学校のころにデカいカブトムシを捕まえたんで大事にしてたんですけど、死んだときはマジでショックだったわ～」

御子柴は大袈裟に天井を仰ぐ。

「カブトムシとザリガニの幽霊では、撮れ高とやらはないだろうな」

「いやいや、逆にあるっす。ＳＮＳでバズって、あっという間に再生数稼げますから！」

「小さいから見つけられないかも」

「あちゃー、それはあり得る。カブトムシは飛べるから目線の高さまで来れるけど、ザリガニは飛べないし。いや、幽霊のザリガニならありか？」

御子柴は真剣に考え始める。その様子が、何やら可笑しかった。

「センセー、何笑ってるんですか」

「おっと、笑っていたか。失礼」

戸張は慌てて口を押さえる。

「まあ、いいんですけどね。戸張センセー、ずっと気難しそうな顔をしてたし。笑顔、結構可愛かったし」

「可愛いとか言わないでくれないか。なんかこう、落ち着かない」

年上なのに、と戸張は顔をしかめる。

「それにしても、不思議ですよね」

「何がだ？」

御子柴は、キャビンアテンダントが運んできてくれたリンゴジュースをもらいながら、戸張に答える。

「なんで、根ノ島で根ノ島に関係のない死者に会えるんだろうって思いません？　幽霊って、いわくがある場所に出るじゃないですか」

「それは心霊スポットの定石ではあるが、本来、幽霊は人に対して出るものでもあるからな」

民俗学者の柳田國男が唱えた説を思い出す。幽霊は人を選んで出現するが、妖怪は不特定多数に対して姿を現すという。

「幽霊の居場所は心霊スポットではない。人の心の中だと思っている。これは、死者の場合も当てはまる」

「ん？　幽霊と死者は別ってことです？」

御子柴は不思議そうな顔をする。戸張は、キャビンアテンダントからお茶をもらって口に含んだ。

「死者が必ずしも幽霊になるというわけじゃないだろう。そして、幽霊が必ずしも死者とは限らない」

「前半は分かるんすけど、後半はオレの頭じゃイマイチですね」

「そうか？　後半は君がよく知ってるんじゃないか？　君のチャンネルで、幽霊が枯れ尾花であることを暴いているだろう？」

戸張に言われ、御子柴は「あっ」と声をあげた。

「そういうことか。この場合、誤認も幽霊としてカウントするんですね」

「誤認であると観測者が感知するまでは幽霊扱いだ。飽くまでも、認知の問題だからな」

「幽霊と死者の違いは分かったとして、センセーはこの二つとも人の心にあるって言いたいんですか？」

「心、もしくは認知。そして、概念。それらは、主観的に認識することで存在することになる。亡くなった人達を忘れなければ、彼らは心の中にいると私は思っている。何故なら、彼らを認知しているからな」

誰かが「何か」を認知することで、「何か」は概念的に存在することになる。つまり、死者が肉体を失っても、誰かが死者のことを想っていれば、死者はそこに存在することになるのだ。

「誤認もその一つってことか。枯れ尾花を幽霊だと思うことで、認知上は幽霊が存在することになるっていう……」

「その通りだ。個々が認知上の死者を胸に抱いて動いている以上、どこに行っても彼らに遭遇する確率はゼロではないと私は考えている」

「それじゃあ――」

御子柴の表情が、ほんの少しだけ読めなくなる。限りなく無に近く、瞳は虚空を見つめているようだった。

「御子柴君……？」

「マジで死者に会えるなら、ザリガニとカブトムシの幽霊も出てくる可能性があるっすね！　オレ、ちょっとカブトムシの色つやを思い出しときます。センセーも、ザリガニのことを思い出してくださいね！」

出会ったら撮るんで、と御子柴はハンディカムを掲げてみせた。

「まあ……考えておく」

「あっ、それって、思い出すっていう意味じゃなくて、検討するってやつじゃないですか？

ズルいな、大人は。曖昧な表現で煙に巻くし」

「……大人って。君も成人してなかったか？」

確か、二十代前半だった気がする。

それにしては、やけに子供っぽい時と、妙に大人びている時がある気がする。そして、危険を顧みずにミステリースポットに突撃する様は、生き急いでいるようにも見えた。

どうも放っておけない。

戸張はそう感じつつも、小学校の頃に飼っていたザリガニの大きさは紙コップくらいだったかと思い出しながら、お茶を飲み干したのであった。

本島の空港に到着すると、蒸し暑い空気が二人を迎えた。

こぢんまりとした空港で、飛行機から降りてそれほど歩かずに到着ロビーへと辿り着く。

到着ロビーには、島の各宿泊施設の送迎が来ていた。戸張と御子柴は出版社の名前が書かれたボードを手にした旅館のスタッフを見つけ、挨拶をする。

「それにしても、やっぱり旅行客が多いなぁ」

御子柴は空港内をぐるりと見回す。

やたらとごつい一眼レフカメラを抱えている男性や、仲睦まじいカップルと思しき男女もいる。釣り人と思しき人や家族など、様々だった。

「うちの島は、スキューバダイビングや釣りも出来ますからね」

旅館のスタッフは、二人を外に案内しながらそう言った。

「スキューバいいっすね！　戸張センセー、泳ぎましょう！」

「……なあ、君。我々は取材に来たんじゃないのか？」

「取材の後で！」

御子柴は力強く戸張に迫る。

「道具もないし……資格もないから……」

「道具でしたら、うちで貸し出しをしてますよ。体験アクティビティもありますし、資格がなくても潜れます」

旅館のスタッフがすかさず言った。

「やったー。戸張センセーとスキューバ！」

「うぐぐぐ……」

はしゃぐ御子柴の隣で、戸張は呻く。

空港から出ると、眩しい日差しが二人を迎えた。真っ青な空に白い雲、遠くには緑に生い茂った山が見える。

山の反対側は海だ。

「うわーっ、絶景じゃん！」

海面が陽光を浴びてキラキラと輝くのを眺めながら、御子柴はカメラを回した。

本島は二つの休火山から成っており、島には小高い山が南北に存在していた。自然が豊かかつ独特であり、普段は見慣れない植物が多い。

「……暑くないか？」

戸張はぐったりしていた。

快晴なのはいいし、吹く風も爽やかだ。

しかし、湿度が高いようで、汗は次から次へと吹き出し、いくら拭っても止まらない。

「海に囲まれている島だから仕方がないんじゃないっすか？　つーか、目的地はもっと暑いですよ」

「そこに泊まらないのがせめてもの救いだな……」

旅館のスタッフはマイクロバスの運転席に乗り込み、戸張と御子柴を促す。

他に客はいなかったが、朝一番の便に乗って来たのでそんなものだろう。しかも、チェックインの時間帯には早すぎる。戸張と御子柴は、荷物を置くために先に旅館へ行くが、大抵はレンタカーを借りて観光をしてから旅館に行くという流れだろう。

マイクロバスの扉が閉まると、冷房の涼しい風が、戸張の汗だくになった身体を癒した。

「あー、極楽」

「センセー、おっさんくさい」

御子柴が苦笑する。

「私はもう、いいおっさんなんだから放っておいてくれ」

戸張は不貞腐れるように頬を膨らませた。

「ははっ。もしかして、お仕事ですか」

スタッフはマイクロバスを出しながら、後部座席の二人に問う。

「ええ。まあ……、そんな感じです」

ハンドタオルで汗を拭いながら、戸張が答えた。

「この時期、うちの島は特に暑くてね。日差しもきついから、日焼け止めを塗った方がいいですよ」

「あっ、塗りました」

御子柴がひらりと手を挙げる。

「いつの間に……」

「センセーもつける？」

御子柴はサコッシュの中から日焼け止めクリームを取り出す。

「最近の若者は流石に美意識が高いな。すまないが、分けてくれ」

「また、自分をおっさん扱いしてるよ。自虐ネタ禁止ね」

御子柴は呆れたように、戸張に日焼け止めクリームを渡す。

「自虐じゃない。自覚だ」

戸張は遠慮がちにクリームを取ると、色白の腕に塗った。

バックミラー越しに見えるスタッフが、微笑ましげな顔なのが何とも居心地が悪い。自分と御子柴はどんな関係に見られているのだろうと、戸張は頭を抱えた。

「お荷物をお預けになられたら、すぐにお仕事ですか？」

「そんな感じです」

二人を乗せたマイクロバスは、ヤシの木が並ぶ大通りをのんびりと走る。

街路樹としてヤシの木が植えられているのを見て、戸張は南国気分になっていた。しかも、大通りの両脇にハイビスカスの低木が植えられているではないか。あの華やかな赤い花を目にすると、自然と気持ちが高揚する。

「因みに、どちらへ？　宿は坂の上にありましてね。麓にバス停があるのですが、本数が少ないもので」

海水浴場や島のシンボルたる山の入り口など、路線バスは観光地をまんべんなく回ってくれるのだが、いかんせん、本数が少ないという。何故なら、この島は車社会で、地元民のほとんどが車を使うからだ。

「えっと、港だったかな、御子柴君」

「そうっすね。根ノ島に行くので」

根ノ島。

御子柴がそう言った瞬間、スタッフの顔が強張った。

しん、と車内が静まり返る。

戸張は、冷房の風がやけにひんやりしていると感じた。

「ねのしまに？」

スタッフは、妙にねっとりとした口調で尋ねる。バックミラー越しに見える目からは、表情が窺えない。

「なんかまずいですか？　一応、ツアーで行くんですけど」

御子柴は平然と答える。

だが、彼の目もまた笑っていない。バックミラー越しにスタッフの表情を読もうとしているのだろう。

「ツアーならばいいんです。ツアーなら。でも、それ以外で上陸しちゃあいけませんよ」

「みたいですね。上陸するとどうなるんです？」

「島の障りで、いなくなるんですよ」

障り。すなわち、祟りのようなものだろうか。

「勝手に上陸した人は、帰ってこなかったってやつですか？」

「ええ。港には船を持っている釣り人が何人かいるから、彼らに金を握らせて上陸する人達がいたんです。そういう人は、みんな戻ってこなかった」

いつの間にか、車内が暗くなっている。

いや、先ほどまで驚くほど晴れていたのに、空はいつの間にか灰色の雲で覆われていた。

島の天気はよく変わる。それも、山があれば尚更だろう。

それにしたって、なんとも幸先が悪い。

「捜索は——」

「しましたよ。昼間のうちにみんなで草木をかき分けて捜しました。しかし、上陸した人たちは消えていた。復路は誰も船に乗せていないので、島に行ったきりなんです」

不意に、生臭い臭いが戸張の鼻を掠める。

よく見れば、窓がほんの少し開いていた。

戸張は慌てて窓を閉めるが、磯のような生臭さは、車内にべったりとしみついたままだった。

「あの島はほとんどが森に覆われていましてね。迷いやすいんですよ。死角も多いし、彼らはまだ、あの島にいるかもしれません」

その口ぶりからして、数日前に行方不明になったというわけではないだろう。

つまり、何年も前に勝手に上陸した人達が、島の自然と一つになって朽ちている可能性があるということか。それとも、別の何か――。

戸張の背中を、汗が一筋流れる。

「それをオレらに話して、どうするんすか？　大事な観光客がビビっちゃうと島民的にもあんまり良くないんじゃない？」

悪寒に囚われる戸張の横で、御子柴が軽い口調でそう言った。

頭上の分厚い雲の切れ目から、燦々と照り付ける日光が射す。再び明るくなった車内では、スタッフがにこやかな笑みを浮かべていた。

「いやはや、失礼しました」

スタッフは明るく謝罪した。

「興味本位であの島に勝手に渡る人間が絶えなくて。潮の流れも速いし、本当に危ないので、つい。ツアーならばいいんですよ。本当に。今日みたいな日は早く帰ってきますしね」

今日みたいな日。

その一言が戸張の鼓膜にべったりと張り付いた。

それ以降、冷房がどんなに唸(うな)っても、車内の温度が下がった気がしなかった。生臭い臭いが身体中にまとわりつき、戸張はずっと顔をしかめたままだった。

旅館に荷物を預け、港に着いた頃には昼前になっていた。

港のすぐ近くに海岸があり、海水浴客がちらほらと窺えた。

戸張と御子柴は、そんな彼らを横目にランチを取る。

ツアーの集合時間は昼過ぎだ。それまでに、腹ごしらえをしなくては。

「ツアーで根ノ島に上陸するのはいいが、ツアー中もカメラを回しているのか？」

「うっス」

御子柴は、アメリカンサイズのハンバーガーを頬張りながら頷いた。

港のそばには、地元のハンバーガー店が一軒あるだけだ。他にはコンビニはおろか、商店すら見当たらない。

カントリーな木造の店内からは、青い空とヤシの木が見える。南国情緒に浸りつつ、戸張も島の野菜を使ったという野菜バーガーを口にした。レタスは瑞々しく、パティはジューシーで肉汁が溢れる。

「うん、うまいな」

「戸張センセー、チーズ入れてないの？　超美味いっすよ。オプションで追加できたのに」

「カロリーが気になるんだ」

「そんなの、この後消費すればいいのに」

君ほど若くないから簡単に消費できない、と言いかけて、戸張は口を噤んだ。自分を中年扱いするとまた、御子柴に怒られてしまう。

（本当に中年なんだがなぁ……）

自分よりも干支が一回り以上若い相手と話したのは、実に久しぶりかもしれない。お陰で、戸惑うことが多い。

そんな戸張の気持ちをよそに、御子柴はバーガーを食べている様子をハンディカムで自撮りしていた。御子柴くらい容姿が優れていると、食べ物を頬張るだけでも絵になる。

「他のツアー客がいる中で、検証をするのか？」

「違うっすよ。検証は明日の夜。上陸の許可は取れてるし、現地の案内人が船を出してくれるみたいですし、問題ないです」

「ん？　それじゃあ、これからツアーに行くのは何故？」

「下見」

○ 5 ○

さらりと答える御子柴に、戸張は首を傾げた。

「まあ、下見は大事だと思うが、撮影が今晩ではダメだったのか？」

「そう。今晩はダメだって言われたんですよ」

「では、明日現地入りした方が良かったのでは……」

「でも、オレは今日行きたかったんです」

御子柴はハンバーガーを咀嚼（そしゃく）して飲み込むと、声を潜めた。

「死者に会えるのは、今日なので」

「なっ……」

戸張は思わず声をあげる。近くの席に座っていた他の客が不思議そうに振り返ったので、慌てて声を抑えた。

「死者に会える日なんてあるのか？」

「詳しく調べてみたところ、死者に会えるのは満月の日らしいんですよね。んで、それが今日」

御子柴はスマートフォンで月齢を調べ、戸張に見せる。

「なにがなんでも今日の夜に検証したかったんですけど、管理者がガチでダメだって一点張りで。だからって、勝手に入るわけにいかないですし」

「たしかに。というか、君はそういうところは真面目だな」

「そりゃそうっすよ。撮影はマナーを守らないと。オレの動画のせいで他人に迷惑かけたくないし、危険行為や不法侵入はナシです」

御子柴は、口調こそ砕けていたものの、真剣な眼差しでそう言った。

昨今、戸張は迷惑系と呼ばれる動画配信者が引き起こした事件をニュースで見るたびに、彼らに対しての嫌悪感を募らせていた。御子柴が動画配信者だと聞いた時にも、軽い拒否感を覚えていた。

しかし、実際の御子柴は彼の年齢にしては色んな物事を考えていて、ノリは軽いが大人の配慮が見え隠れしていた。

きっと、事件を起こすのは一部の配信者だけなのだ。世間の先入観に縛られそうになっていた自分を省みる。

小説家だって、締め切りを破って担当編集者にせっつかれているというのが世間のイメージだが、実際は違う。戸張は締め切りの一週間ほど前に原稿を提出するタイプであったし、それを一度たりとも破ったことはなかった。

「満月の夜に許可が出なかったから、昼間に何か『死者に会える』という伝説の手掛かりを摑めないかと思って、今日の昼のツアーに参加することにしたんです」

御子柴の溜息まじりの言葉に、戸張は現実に引き戻された。

「なるほどな。しかし、なぜ満月の夜でないと死者に会えないんだろうな」

「どうなんですかね。自然現象を誤認したパターンかとも思ったけど、月齢で限定されているっていうのが引っかかるなぁ。満月の直後には大潮になるけど、それが関係あるのか

「……？」

なにせ、絶海の孤島だ。影響がないとは言い難い。

「それなら、新月の後も当てはまるはずだ」

「あ、そうか」

太陽と地球と月が一直線上になる時、潮汐力が最大になる。これによって大潮が発生するのだが、一直線となる機会は満月と新月の二パターンだ。

「じゃあ、明るさ？」

「満月に限定されるのはそれくらいしか思い浮かばないな」

戸張は眉間に皺を寄せる。

「満月限定って、死者じゃなくて人狼ならアリかも」

「やめてくれ、シャレにならん」

根ノ島は感染症に見舞われている。人狼も感染症がモデルになったと聞くし、あながち的外れではない気がした。

二人がランチを食べ終える頃には、良い時間になっていた。

「あー、太陽が眩しい！」

外に出ると、燦々と照り付ける太陽が窺えた。雲はすっかり失せて、真っ青な空が広がっている。

「集合場所、どこでしたっけ？」

御子柴がハンディカムを弄りながら問う。

「港のすぐ近くの桟橋だな。どんな船で行くんだ？」

「それはわかんないですね。見てからのお愉しみってことで」

港の向こうには、大海原が広がっている。

戸張達がいる位置からは根ノ島が見えない。本島の山陰に入っているのだろう。

戸張はスマートフォンの地図を確認しながら、御子柴とともに桟橋へ向かう。

「ツアー客、オレ達だけだったら楽なんですけどね。ガイドさんに話を詳しく聞けるんで」

「確かになぁ。だが、薄気味悪い噂がある島なんて、物好きしか来ないだろう」

開放的な姿の海水浴客とすれ違い、二人は桟橋を目指す。すると、ぽつぽつと人が集まっているのが遠目からも分かった。

「物好き、いますね」

「……そうだな」

「あの」

第三者の声が割って入る。

「うおっ！」

戸張は驚きのあまりのけぞり、御子柴は思わずハンディカムを向けた。

「あ、失礼。ツアーの参加者かと思いまして」

そこにいたのは、眼鏡をかけた若い男性であった。

ちょうど、戸張と御子柴の間くらいの年齢か。飾り気のないスーツを着込んだ姿は、はしゃいだ姿の観光客から浮いていた。

「ツアーって、根ノ島の？」

「そうです。よかった！」

物腰柔らかな男性は、パッと表情を明るくした。

「僕も参加者なんです。でも、集合場所がどこだか分からなくて」

「それなら、あっちですよ。オレ達も行くところなんで、一緒にどうっすか？」

御子柴はハンディカムを桟橋の方へと向ける。

男性は、「是非」と嬉しそうに微笑んだ。

「いやぁ、今日は晴れていていいですね」

男性の名は、久木(ひさき)正吾(しょうご)といった。久木は天を仰ぎ、朗らかに笑う。

「少々、暑いのが玉に瑕(きず)ですがね。久木さんはお仕事で？」

戸張はなかなか気化しない汗を逃がすように、服の襟元を緩める。

「ええ。出張ついでに観光をしようかと」

「なるほど。こんな観光地に出張とは大変だ」

なにせ、浮かれた観光客の横で仕事のことを考えなくてはいけない。彼らの気苦労を想い、戸張は苦笑する。

「でも、そんな真面目に仕事に来てる人がミステリースポットに行くとか、面白いですね」

御子柴の言葉に、久木は目を瞬かせた。

「ミステリースポット？」

『死者に会える』島。だから、根ノ島って呼ばれてるんでしょ？　これからツアーで行く孤島は」

「ああ、そういう噂もあったような……」

久木は天を仰いでから、こう続けた。

「あそこは、島の産業的にも興味深い場所なんだよ」

「へぇ？」

「人を幸福にする要素が詰まっている島なんだ」

「幸福、ねぇ」

御子柴は興味深そうに目を瞬かせる。

「まあ、ツアーで説明があると思うよ。僕が説明するよりも、見てもらった方が早い」

集合場所へ行くと、既に何人かが待っていた。

まず戸張の目についたのは、カップルだった。初々しい若い男女が、海を背景に自撮りをしている。

そんな二人から距離を置くように、女性が最新機種のスマートフォンで辺りを写していた。どうやら桟橋をいい構図で撮りたいようで、しゃがんだりほぼ這(は)いつくばったりしている姿からは執念を感じる。

「さて、我々が乗る船は——」

「あれじゃないですか？」

御子柴が桟橋の一角をハンディカムで指す。

そこには、小型の遊覧船があった。

定員三〇名ほどのこぢんまりとしたもので、打ち寄せる白波に対してやや心許(こころもと)ない。

揺れそうだな、と戸張は船酔いを覚悟した。

「皆さん、おそろいですか」

遊覧船の運転席から、ひょっこりと初老の男性が顔を出す。

彼は本日のツアーガイドだという。名を、林田(はやしだ)といった。

ツアーは予約枠と当日受付枠がある。予約をしたのは戸張と御子柴だけだったようで、他の客は当日受付らしい。

料金を徴収し終えると、林田はにこやかに一同を船の中に促す。打ち寄せるのはさざ波程度だというのに、人が乗る度に船が揺れていた。

「きゃっ」

カップルの女性の方が短い悲鳴をあげる。

「ははっ、怖がりだな。ひっくり返ったりしないって」

男性の方は、女性の背中をグイグイと押す。女性はふらつきながらも、船の真ん中へと急いだ。

「今日は波が高くないので、安心してください。それに、危険ならばツアーは中止にしますので」

林田は全員が船に乗ったのを確認すると、エンジンをかける。

船は桟橋から離れ、一同は海風と一つになる。

「あ、そうか。中止ってあるのか。あぶねー。それは想定してなかったわ」

御子柴は船が水を切る様を撮影しながら、胸を撫で下ろした。

「島は天気が変わりやすいですしね。天候がよくて本当に良かったですよ」

久木もまた、撫でつけた髪を風に遊ばせながら安堵する。

「夏から秋にかけて台風が多い場所ですし、やはり、その辺りは中止になりやすいんですか？」

戸張は林田に問う。エンジン音に声が掻き消されそうになっていたが、林田は何とか聞き取ってくれたようで、声を張りあげて答えた。

「ええ。ツアーの中止はしょっちゅうですよ！　小さい船ですし、高波が来たらあっという間に攫われちまいます！　まあ、そんな日は強風もひどいので、観光客も地元民も外に出ませんがね！」

「台風の時に離島に行こうなんて、それこそ狂気の沙汰だな」

戸張は震える。

「でも、何が何でも行きたいって人は行くんじゃないですか？」

御子柴は声がエンジン音に掻き消されないよう、戸張に耳打ちするように話す。

「……死者に、会いたい人間が？」

「そう。そういう日に無茶をして、帰らぬ人になるってパターンもあるかと思って」

「行方不明者の一部は、確かにそうかもしれないな。しかし、自分があっち側に逝ってはいみがないのでは……」

「そりゃあ、センセーがこの世に居場所があるからでしょ」

御子柴は、あっという間に遠くなる本島を眺めながらポツリと呟いた。波音とエンジン音に紛れていたので、空耳かとすら思った。

「それは、どういう……」

「その人の全てだっていう人が亡くなったら、人はこの世なんてどうでもよくなるかもしれないって思って」

「じゃあ、決死の覚悟で根ノ島に行った者達は、最初から命を捨てるつもりで……」

「そりゃあ本人達にしか分からないっすけどね」

御子柴は、やけに投げやりにそう言った。

戸張の位置からは御子柴の表情は見えない。明るく現実的な御子柴ばかり目にしていた戸張は、心の奥がざわつくのを感じた。

「御子柴く……」

「ねえ、あなた！」

戸張が声をかけるより早く、スマートフォンで必死に風景を撮影していた女性が御子柴に声をかけた。

「あなた、御子柴ユウ君でしょう？　心霊検証チャンネルの！」

ワンレンボブヘアーでパンツスタイルの、知的そうな若い女性だ。とても、先ほどまで這いつくばって写真を撮っていた人物と同じとは思えない。

「そうですけど」

御子柴が答えると、彼女はパッと表情を輝かせる。

「やっぱり！　見た目が特徴的だし、声もそうだと思って。あっ、私はこういう者なんだけど」

彼女は木製のオシャレな名刺ケースを取り出すと、モダンなデザインの名刺を御子柴に差し出した。

「木下花芽(きのしたはなめ)――さん？」

名刺には、そう書かれていた。肩書はブロガーとなっていて、彼女の各ＳＮＳへのＱＲコードがずらりと並んでいる。

「そう。旅行ブログを中心に活動しているの。インスタにも力を入れてるから、よかったら覗(のぞ)いてみて？」

「へぇ、どうも」

○6○

御子柴は当たり障りがない笑顔で名刺を受け取る。

「私、あなたのチャンネルを登録しているの。メンバーシップにもなってるのよ」

「マジっすか。めっちゃ嬉しいっす！」

御子柴は、歯を見せて満面の笑みを浮かべた。木下は「うわーっ」と破顔して、スマートフォンのカメラを向ける。御子柴は嫌な顔一つすることなく、ピースまでしてみせた。大したサービス精神だ、と戸張は蚊帳の外から感心する。人気動画配信者ならではなのか、それとも、若者特有の人懐っこさなのか。

木下はひとしきり御子柴を撮ると、ようやく戸張に気が付いた。

「こちらは助手の人？」

木下は御子柴に問う。笑顔を保っていたが、実に興味のなさそうな目をしていた。

「ああ。小説家の戸張尚也センセーっす。一緒に取材に来たんですよ」

「へぇ！」

小説家、と聞いて、木下の表情が輝く。彼女は急に低姿勢になり、名刺を戸張に差し出した。

「ご挨拶が遅れて申し訳ございません。私はこういう者でして――」

「これは――どうも。すいません、名刺を持ってきていなくて」

名刺を受け取る戸張に、木下はやや落胆した顔になった。小説家の肩書を持った人間と名刺交換をしたかったのだろうか。

「えっと、名張──先生ですっけ？　失礼ながらご著作を拝読してなくて……。今度読んでみますね」

「戸張です。伊賀流忍者の故郷とは関係ありません」

愛想笑いを張り付ける木下に対して、戸張はぴしゃりと訂正した。

「お二人とも、有名な方だったんですか？」

久木がひょいと顔を覗かせる。

「私はそれほどでも……。御子柴君は有名人だが」

チャンネル登録者数一〇〇万人は伊達ではないようだ。まさか、都心から離れた離島で、コアなファンに出会うなんて。

「いやぁ、オレなんて一般人ですし。センセーの方が著名人っていうか」

「……文化人的な意味でそう言ってくれるんだろうが、有名人という意味では君の方が断然に著名人だからな」

戸張は気づかいにうっすら傷つきながら、御子柴を小突いた。

「彼、ミステリースポットの検証チャンネルを開いているんです。面白いですよ」

木下は久木に御子柴のチャンネルを薦める。

「ああ、それで根ノ島の噂の話をしてたんですね」

「根ノ島の伝説？」

納得顔の久木に、木下は不思議そうに首を傾げた。

「そうっす。なんか、根ノ島で死者に会えるっていう噂があるんで、その真相を突き止めるつもりなんですよ」

御子柴は、包み隠さずにそう言った。

死者という響きに、木下は眉根を寄せる。

「ええっ……、そうなの……。まあでも、御子柴君がハンディカムを手にして上陸しようっていうなら、そういうことなのよね……」

「あれ？　木下サンは怖いの苦手？　オレのチャンネル見てくれてるのに」

「うーん……。動画を見るのと実際に体験するのじゃ話が別っていうか……」

木下は、急にそわそわし始めた。顔は青ざめ、しきりに辺りを見回している。

「ああ、怖がりだけどホラー好きな人はいるいる」

木下の様子に、御子柴は苦笑する。

「でも、今は昼だし死者も眠ってるんじゃないですか？　昼間から歩いているのはゾンビくらいでしょ」

「だけど、島はほとんどが自然に還っていて、森が多いっていうから……」

昼間でも暗いかも、と木下は言外に漂わせる。

久木は、怯える木下の肩をポンと叩く。

「大丈夫ですよ。みんなが一緒ですし。怖いことなんてありませんよ」

「そ、そうですね……。皆さん一緒ですし……」

木下は自分に言い聞かせるように頷いた。

「ツアー中は、森の奥には入らないでしょう。原生動物もいるでしょうし、歩くとしても森に巡らされた遊歩道くらいだと思いますよ」

「原生動物？　あまり本島では見られないものですか？」

「恐らく。あそこは色々なものが辿り着く島ですから」

木下の問いに、久木は意味深に言った。

「小動物ならちょっと、興味がありますね。森に入るのは嫌だけど、歩いている時に会わないかしら」

木下の興味は、原生動物に切り替わる。今度はワクワクしながら、スマートフォンを弄り出した。

「旅行ブログということは、今回の旅もブログに載せようと？」

戸張が尋ねると、「ええ」と木下は頷いた。

「本島は有名な観光地なので、本島の話題だけだと他人の記事と被（かぶ）ってしまうんですよね。だから、他の人があまり足を延ばさない根ノ島のツアーに参加したんです」

「他人の記事との差別化を図るために――ですか」

「自然が豊富で湧水（ゆうすい）も美味（おい）しいっていう話を聞いたんで、いい写真も撮れると思ったんですよね。マイナスイオンも豊富そうですし、絶景の孤島でヨガとか……」

木下は記事の構想を膨らませる。どうやら彼女自身、根ノ島に興味があるというわけではないらしい。

「色々な人がいるなぁ……」

戸張はなんとなしにぼやく。

「皆さん、どうしたんですか？」

一同が集まっているのを不思議がってか、カップルもやって来た。

ひょろりとした若い好青年と、遠慮がちな笑みを浮かべている控えめな若い女性という組み合わせだった。

女性は梶山、男性は楠居と名乗る。

「これから行く根ノ島について話していたんですよ」

久木がそう言うと、梶山と楠居は顔を見合わせ、楠居の方が話し出した。

「根ノ島って、亡くなった人と会えるっていう伝説がある島なんですよね？」

楠居の言葉に、今度は戸張と御子柴が顔を見合わせる番だった。まさか、若いカップルの目的が怪談の方だったなんて。

しかし、楠居の言葉に続きがあった。

「あの世の入り口があるという不思議な島。その島の中心にある神社に祈りを捧げると、先祖代々の霊から永遠の加護を得られるっていう話じゃないですか。僕も梶山さんも、そういう話が好きで」

梶山もまた、楠居に合わせるように微笑んだ。

よく見れば、二人とも腕に天然石ブレスレットをしている。数珠にも見えるそのアクセサリーは、パワーストーンの類なのだろう。

「ああー、スピリチュアル系かぁ」

御子柴は、納得したように目を瞬かせる。

「そうか、パワースポット巡りということか……」

戸張も腑に落ちた。近年、パワースポット巡りは老若男女問わず幅広く親しまれているので、若いカップルが目的にしていてもおかしくない。

それにしても、同じツアーに参加する人達の目的が、これほどまでに違うとは。

そう思っていると、ふと、鼻先を生臭い風が掠めた。

「皆さん、見えましたよ！」

林田の声が、エンジン音に紛れながら一同の元へ届く。

「あれが……根ノ島……」

御子柴がハンディカムを回し、戸張が息を呑む。

青空の下だというのに、島は黒々としていた。木々が色濃く生い茂りすぎて、島全体を喰らい尽くすように覆っている。

断崖絶壁で、岩場に白い波が打ち寄せる。

目を凝らせば、木でできた桟橋と階段が見えるが、どうも心許ない作りであった。

むせかえるほどに湿った風が一行を包む。それと同時に、むっとした臭いが鼻を衝いた。

彼らは思わず顔をしかめ、猛烈な臭気を感じたのが自分だけではないと確認するように顔を見合わせる。

島に近づけば近づくほど、それは色濃く伝わって来たのであった。

2．根ノ島上陸

断崖に波が打ち寄せ、海面が泡立っていた。

本島はすっかり遠くなり、横たわる海のせいで別の世界に見える。

林田は船を停泊させ、ボラードにロープで固定する。海藻を絡ませたロープは古びているものの、歴戦の老兵のように太く頼もしかった。

「大丈夫かな、これ……」

木造の階段を上る梶山が、不安そうな声をあげる。

階段は人が踏みしめるたびにギシギシと軋み、波が打ち寄せるたびに大きく揺れていた。

「大丈夫だって。梶山さんが踏み外しても、僕が抱きとめるから」

「そ、それなら」

後ろからやってくる楠居に促され、梶山は緊張気味に進んだ。

「悪天候の時、危なすぎるわよね。なんでこんな場所に階段が？」

木下はスマートフォンをしまい、手すりにしっかりと摑まりながらぼやいた。

「この島はほとんどが崖に囲まれてますし、元々、島民はここを利用していたんですよ。この先は、比較的島の中にアクセスしやすいですしね」

先頭を歩いていた林田が、用心深く振り返りながら説明する。

「それにしたって、貧弱すぎると思いますけど。今の時代、木の階段なんて。どうしてコンクリートで作り直さなかったんですか？」

「コンクリートは予算がかかりますからね。我々ではとてもではありませんが……」

林田は言葉を濁す。

「それに、ここは海が荒れやすいので工事が大変なんですよ。だから、木の方が良いんです。壊れても直しやすいですし」

実際、台風が来て海が荒れると、階段の一部を持っていかれることがあるという。その度に修復しているらしく、組まれている木の新しさはまちまちだった。

「幸い、島は木が豊富です。資材をすぐに調達できるので、こちらの方が都合がいいのです」

「はぁ、なるほど。まあ、ちゃんと組まれてるなら……」

木下は軋む足元を胡乱な目で見つめながらも、なんとか階段を上り切った。

戸張と御子柴もまた、彼らに続く。

「うーん、妙だな」

「どうしたんだ？」

首を傾げる御子柴に、戸張が問う。

「怪談って、色んな種類があるじゃないっすか。例えば、目撃者がいるタイプと、誰かが意図的に作ったタイプ」

「作ったというと、聞き手を怖がらせようとしているやつだな」

「そう。警告ってヤツですね。子どもが川遊びをするのが危ないから、『河童が出て尻子玉を抜かれる』って親が子どもに言い聞かせる的な」

「まあ、河童という妖怪の発生は、諸説あるけどな」

なにせ、全国各地に伝説を残す存在だ。河童がいると言われる原因は、一つに留まらなかった。

「幻想専門家のハナシはさておき」

御子柴はもの言いたげな戸張にそう言って、続けた。

「オレが何を言いたいかっていうと、こんなに危ない島なら、教訓系の怪談があってもおかしくないと思ったんですよね」

「死者に会えるという怪談があるが、少々ニュアンスが違うな」

戸張もまた、違和感を覚えた。

教訓から発生した怪談は、「何々が出るから、或ることをしてはいけない」という禁止事項を周知するものだ。

根ノ島の場合、「死者が出るから、島に入ってはいけない」と、条件と禁止事項がセットになっていないといけない。しかし、島に入ってはいけない原因は、死者ではなく島の危険さに掛かっていた。

「でしょ？　死者の噂自体は、会えない人に会えるっていう希望を持たせてる感じじゃないですか。それで、実際に無茶してやって来る人もいるし」

御子柴は、ふと、崖下に視線をやる。

戸張も促されるようにそちらを見やり、絶句した。

白波を受け止める岩場に、塗装された板切れが打ち上げられていた。大破していて原形を留めていないが、船の一部と言われても不自然ではない。

今も尚、禁止されているにもかかわらず、島にやって来ては消えている人がいるのだろうか。会えなくなった人に、会うために。

「もし、死者に会えるっていう噂が意図的に流されたものだったとしたら、なんか、誘ってるみたいだと思ったんですよ」

「……死者に会いたい人間を？」

戸張の問いに、御子柴は頷いた。

「なぜ、そんなことを？」

死者に会いたい人間を集めて、一体何になるのか。戸張には、さっぱり分からなかった。

だが、御子柴もそれは同じだった。

「分からないんですよね。だから、妙だなと思って」

「……やはり、実際に誰かが死者を見たからそういう噂があるんじゃないか？」

「うーん、それだと実際にオレ達が死者を観測することで、証明できるって感じでしょうね」

御子柴の目的は、噂の真相を突き止めることだ。死者が実際に現れるにしろ、そうでないにしろ、結論が必要なのである。

「歴史や自然がある場所っぽいですし、単純に死者を見たというだけじゃないと思うんですけどね。検証していくと、すげー現実的な原因があったりして」

御子柴が今まで行った場所は、そうだったらしい。

丁寧に検証していけば、原因不明の怪異に科学的な根拠が見つかった。彼はそれぞれのミステリースポットの謎を、客観的に解明していったのである。

それを聞いた戸張は、蕁麻疹（じんましん）の気配を感じて腕をさする。

根ノ島の神秘を、この若きデュパンに明らかにされたくないと思っているのか。

「……やはり、動物絡みなんだろうか」

「動物が原因系もかなり多いんで、アリ寄りのアリですね」

戸張がポーのことを考えているとは気づかず、御子柴は真面目に返した。

「もしかして、お打ち合わせですか」

二人の後に続いておっかなびっくり階段を上りながら、久木が問う。

「そう。撮れ高ある動画にしたいんで、事前にどこへ焦点を当てるか考えておかないと。ただ、全く予想外の方に真実があったりするんですけどね」

御子柴は手をヒラヒラ振り、軋む階段に臆せず進む。

「検証チャンネルって言ったね。根ノ島の真実を突き止めるって」

「そうっす。久木さん、なんか根ノ島について他に知ってることはないですか？」

「生憎と、産業以外は詳しくなくて」

久木は苦笑した。

「でも、面白いね。目的がはっきりしていることは良いと思う。僕も新規事業を進めたくて。この土地ならではの事業があるから」

「あー。移住とかテレワークとか」

本島の人口を増やすために、若者の移住を推進しているという話を聞いたことがある。実際、移住して店を開いたり、会社を作ったりしている人がいるそうだ。

久木はそこに、一枚嚙んでいるのだろうと、戸張と御子柴は納得した。

「戸張さんはどうですか？」

「な、何がです？」

急に久木に話題を振られ、戸張は目を丸くした。

「小説を書くなら島でも出来るじゃないですか。それに、都会と違って雑音が少ないですからね。集中出来るのでは？」

久木の人がいい笑顔に、戸張は顔を引きつらせる。

純然たる善意が全力で伝わってくるせいで、大変断り辛い。

「いやぁ……。頻繁に資料を買いに行くので」

「今は通販もあるでしょう」

笑顔の久木は、間髪を容れずにそう言った。戸張は思わずのけぞるが、彼にも譲れないものがあった。

「私が欲しい資料は、とうの昔に絶版になった古書の割合が多いんです。だから、月に二回の頻度で神保町に赴いているんですよ。通販では売ってないか、法外なんじゃないかと目を疑うほどの値段がついているかで」

「それは残念」

善意百パーセントの久木は、戸張に正当な理由があると知るや否や、即座に引き下がった。

「それでは、御子柴さんは？　島は全体的に撮れ高が高いですし、島の生活に興味がある方はたくさんいます。だから、再生数も稼げるかと」

久木は動画配信者としてのニーズを鋭く見抜き、戸張とは違ったアプローチで御子柴に迫る。

だが、コミュニケーション慣れしている御子柴は、戸張のように動揺することなく即答した。

「オレは、他のミステリースポットにアクセスしにくいところはナシっすね」

「動画の再生数じゃなくて、ミステリースポットに重きを置いているのかい？」

久木は目を丸くする。戸張もこれには、少し驚いた。

「まあ、再生数は動画配信者の命ですけどね。見てもらってナンボだから、いくらでも欲しいと思うし。でも、オレは再生数が一番大切なわけじゃないんですよ。オレのポリシーがあるのは、検証なんで」

御子柴の目に迷いはなかった。彼の澄んだ声が、猛々しい波の音を退ける。

久木は、二、三度瞬きをした後、興味深そうに尋ねる。

「君は、どうして謎を検証しようとするの？」

「んー。謎が明らかになることで、危険を回避できるかもしれないからですかね。全てを白日の下に曝し、客観的で正しい見解を持つことで、隠されていたリスクが共有されて、不幸が起きにくくなるっていうか」

「謎の裏に潜む危険で、誰かが不幸になるのを恐れている――ということかな」

「………………。そうかもしれないっす！」

御子柴は満面の笑みと軽薄さを湛えてそう答えると、軽い足取りで崖の上へと向かう。

その場に、戸張と久木だけが取り残された。

「うーむ……」

御子柴が答える瞬間、妙な間があった。その間、彼から笑みが失われ、恐ろしく用心深い顔になった気がした。

「……ちょっと、踏み込み過ぎましたかね」

久木は申し訳なさそうに御子柴の背中を眺めていた。彼も戸張と同じく、御子柴の様子に違和感を覚えたのだろう。

「まあ、今どきの若者はああ見えて気難しいので……」

罪悪感を抱いていそうな久木に、戸張は慰めの言葉をかける。

実際、デジタルネイティブな彼らを戸張は扱いかねていた。

戸張はポケベル世代を経て、インターネット誕生に立ち会い、成長とともに携帯電話が普及する恩恵に与り、時代の流れとともにスマートフォンへと切り替えた。未成年の多感な時期にインターネット黎明期を経験し、ＳＮＳがなかった頃にＢＢＳで仲間達と交流し、いくつかの黒歴史を経て成長した。

だが、御子柴達は違う。

物心ついた時にはスマートフォンがあり、ある程度発達したインターネットの世界にいきなり放り込まれるのだ。

デジタルタトゥーという言葉があるように、一つの過ちがあっという間に全世界に拡散され、半永久的に残る世の中である。彼らは失敗を恐れ、本心を包み隠す。

顔を晒して動画配信を行っている御子柴もまた、自らの本音を分厚い外面で守り、本当の自分をさらけ出さないようにしているのかもしれない。

戸張は恐ろしかった。

　そんな彼らを、知らず知らずのうちに傷つけているかもしれない。だが、臆病で聡明な彼らは笑顔を取り繕い、ひっそりと去っていくのではないかと。

「僕も若いつもりだったんですけどね」

　久木は苦笑する。確かに、戸張よりもずいぶんと若々しい。

「おいくつですか？」

「三十になったところです」

「それはお若い。それで新規事業を行おうとするなんて、大したもんですよ」

「いや、我々凡人にとっては、小説家の方がすごいと思いますけどね」

「はは……。私はこれしか取り柄がないもので……」

　二人はお互いに謙遜し合い、崖を上り切る。

　磯臭さが少しだけ薄れ、替わりに、涼しげな風が頬を撫でた。

　木々の枝葉がこすれる音が聞こえ、青々と茂った葉のすき間から木漏れ日が射していた。

「これはまた、爽やかな……」

　根ノ島に踏み込んだ戸張は、思わず感嘆を漏らす。

　死者と遭遇する島というから、どれほどまでにおどろおどろしい場所かと思ったが、自然に囲まれて生命に満ち溢れた場所だと思った。

　目の前を、大きなカラスアゲハが過ぎる。

「皆さん、こちらです」

先頭で林田が旗を振る。先に到着した御子柴はハンディカムを回していた。

一同は林田に案内されながら、下り坂を往く。

しばらく行くと、広場があった。その一角に小屋があるのを御子柴が見つけると、林田がツアーガイド用の小屋だと教えてくれた。

「ガイド用の小屋ねぇ。ここに宿泊したりするんですか？」

「とんでもない！」

林田は目を剝いた。

「ここは電気も水も通ってないですしね。それに、夜にいるような島じゃない。ただ、天候が変わりやすいので、すぐに帰りの船を出せないこともあるんです。そういう時の避難所のような場所ですね」

非常食と水を用意してあるそうだが、ほとんど使ったことがないという。天候がいきなり悪化することもあるが、回復も早いらしい。

小屋は木造で、やけに古びていた。トタンの屋根はすっかり錆びついている。

古い木造の階段といい、かつて有人島だった頃の施設を使いまわしているのかもしれない、と戸張は思った。

ガイド用の小屋も、元は漁師小屋か何かだったのだろう。

「センセー」

小屋の裏を見ていた御子柴が、声を押し殺しながら戸張を手招きする。

「どうした？　何か見つけたのか？」

「これ……」

御子柴はハンディカムを構えたまま、言葉少なに小屋の壁を指さした。

「な……なんだ、これ」

――森ガ見テイル

小屋の壁には、赤い文字でそう書き殴られていた。

木立に隠れているこの場所に、一体、誰が書いたというのか。

いや、それ以前に、森が見ているとはどういうことか――。

「なんか、ヤバそうじゃないですか？」

「ああ……。ヤバそうだな」

さすがの御子柴も、顔を引きつらせていた。

「どういうことだろ」

「さあ……。わからん。だが……」

文字からは恐怖と焦燥と、ある種の狂気じみた感情が滲(にじ)み出ていた。一体、書いた人物は何を訴えたかったのか。

「どうしました？」

林田の声に、二人は我に返る。

広場の方では、林田達が待っている。彼の表情からして、殴り書きのことは知らないのだろう。

「い、いえ。少し涼んでいただけです」

御子柴が林田に何かを聞く前に、戸張がさっと取り繕いながら林田の方へと向かった。

何かこれは、見てはいけないものだと思ったからだ。

好奇心旺盛な御子柴は物言いたげにしていたが、しぶしぶと戸張の後について行く。

全員が揃うと、林田は改めて解説を始めた。

「今となっては無人島ですが、かつてこの島には、人口百数十人からなる集落がありました」

林田は広場をぐるりと見渡しながらそう言った。

広場は森に囲まれていて、その先には舗装されていない道が続いている。左右の藪は剪定されており、人の手が行き届いている様子だった。

「この先に集落跡があります。彼らは漁業で生計を立てていたり――油井で働いていたりしたんです」

「油井で？」

戸張は目を丸くする。

「ってことは、こんなところに油田があったってコト？」

○ 8 ○

御子柴は興味深そうに、ハンディカムを道の奥へと向ける。

森の中からは、東京では聞き慣れない鳥の鳴き声がした。虫の声も絶え間なく聞こえ、その先は人間の領域ではなく、野生動物の領域であることを誇示していた。

「この島は中生代の堆積岩(たいせき)が隆起し、浸食によって形作られたとのことでして。半世紀ほど前に原油が見つかった際、森を切り開いて油井を開拓したそうです」

「そのくらい前だと、今以上の原油の需要があったんでしょうね。当時は、島は栄えたでしょうに」

奥の道へと歩き始める林田に、戸張はなんとなしに言った。

すると林田は、顔半分で笑い、顔半分で怒っているような左右非対称の表情をした。

「いやぁ。それが、思いのほか生産量が伸びなくて。しかも、開発会社が集落で古くから大切にしていた神社を取り壊そうとしたので、集落の人間から猛反発を喰(く)らったんです」

「神社？　なにを祀(まつ)ってる神社なんです？」

「オヤドリ様です」

林田がそう答えた瞬間、すうっと辺りの空気が冷えた。

先ほどまでけたたましいほどに鳴いていた鳥の声が、ぱたりと途絶えたのである。そこらじゅうを飛んでいた虫も、気付いた時には姿を隠していた。

「それは……変わった名前ですね」

戸張は動揺する気持ちを抑え、素直な感想を述べる。

「それ、なんて書くんです？　親に鳥ってわけじゃないですよね？」

御子柴はハンディカムを回しながら、グイグイと割り込んだ。

流石は、廃墟に一人で行く配信者だ。物怖じした様子はない。

「さあ。どんな字を書くのかは分からないんです。なにせ、昔からその場所に祠があったと聞いてますから。ただ……、島で障りがある度に、祠は大きくなり、社となって、ついには神社になったという記録はあります」

その記録の内容が真実かは分からないが、記録があるというのは事実らしい。

「その神社は、コースに入ってるんですよね？」

御子柴は林田に問う。

林田は、自分の腕時計をしきりに気にしながら、「ええ」と頷いた。

「皆さんには、島の自然を見て頂きながら神社へ向かい、油田跡を見学して頂いて、こちらに戻って頂く形となります。くれぐれも、ツアーから離れて道を外れないでくださいね。コース以外は整備していないので、危険ですし」

「感染症とか？」

御子柴がすかさず言った。

林田の説明を聞いていた一同がざわつき、林田の顔が強張る。

「なぜ、感染症と？」

「ほら、この島の人達って昔、感染症から逃れるために離島したって聞いたんで。その原因って、もう無くなったのかなって」

カップルの楠居と梶山が、青ざめた顔で半歩引く。木下は手持ちのバッグの中から虫よけと思しきスプレーを取り出し、自分に掛け始める。

「大丈夫です」

林田は、顔を強張らせたまま断言する。

「我々は何度も上陸してますし、今までご案内した方々の中で発症された方はいません。こちらのルールにさえ従って頂ければ、何の問題も御座いません」

「そっか。それならいいんです。あざーっす！」

御子柴はパッと笑みを作り、白い歯を見せる。

カップルの二人や木下も、林田の言葉に胸を撫で下ろした。久木はそこまで気にしていなかったのか、軽く頷いただけだった。

林田が歩き出し、森の中の舗装されていない道へと向かう。

御子柴は、一行から少し遅れるようにして歩き出した。

それに気づいた久木が戸張を小突く。戸張は慌てて、御子柴のすぐ隣に歩み寄った。

「君、林田さんから離れる気じゃないよな？」

「まさか」

御子柴は軽く笑った。

「ただ、ちょっと離れたところからの絵が欲しくて。あとは、感染症って何なのか考えたかったからって感じですかね」

「まあ、それは私も気になるな。林田さんが嘘をついているようには見えなかったが、肝心の感染症の由来が分からない」

「それ。原生動物由来だったら、ツアーなんかやらないですしね」

林田達に続いて森の中に踏み込むと、大きな虫が御子柴のカメラの前を過（よ）ぎった。いつの間にか、鳥の鳴き声も再開している。

葉がこすれ合わさる音と、木漏れ日が心地よい。涼しい風が嫌な汗を拭（ぬぐ）い去り、感染症があったことなど嘘のようだ。

「もしくは、現代では絶滅同然の感染症なのかもしれませんよ」

天然痘みたいに、と久木が言った。

「人知れずこの島で流行して、人知れず絶滅したということですか？」

戸張は胡乱（うろん）げな眼差（まなざ）しを向ける。

「んー。でも、病気が全部発見されるわけでもないし、全然有り得ない話じゃないのかも。あとは、油田の作業が原因……とか？」

御子柴は首を傾げながら考える。

確かに、油田の作業が原因で何らかの感染症が発生していたとしたら、油田を閉鎖して作業を止めることで感染症の拡大も止まるかもしれない。

だが、どうも決定打に欠ける。

得体の知れない魔物が潜む霧の中を、歩かされている気分だ。

三人は唸りながら、立ち止まる林田達に追いついた。

穏やかな水音とともに現れたのは、湧水だった。

岩のすき間から透き通った水が滾々と湧き出て、小さな川を作り上げている。湧水の周辺には、青々とした若葉が茂っていた。

「うわー、綺麗ね！」

木下は歓声をあげ、スマートフォンで湧水を撮る。楠居と梶山は、マイナスイオンとやらを浴びるような仕草をしていた。

「島のあちらこちらに、こういった湧水が出ていましてね。人がいなくなった今も、緑を育てているんですよ」

はしゃぐツアー客を微笑ましげに眺めながら、林田は言った。

「島の歴史は明るいものばかりではないから、あれこれと噂をされる方もいるようですけどね。本当はこういう風に、美しくて賑やかな島なんです」

林田はチラリと御子柴の方を見やったかと思うと、旗を振りながら先へと向かった。

近くに集落跡があるらしいが、建物の劣化がひどいので立ち寄らず、神社へと向かうらしい。木下が森の中に集落跡が見えないかと目を凝らしていたが、木が茂りすぎて望むことは叶わなかった。

戸張は、この根ノ島ガイドツアーの目的が分かった気がした。

「悪いイメージを払拭するために、わざわざ一般に開いた形で島を公開しているわけか」

「まあ、禁止したって無断で上陸する人もいるくらいだし、それはあるかも」

御子柴は、ハンディカムを持っていない方の手で自らを扇ぐ。

「なんだ。暑いのか」

「だって、湿度ヤバいじゃないですか。風は涼しいんだけど、風が止まると蒸すっていうか」

それは戸張も感じていた。額には、じんわりと汗が滲んでいる。

「僕もです。今日は天気がいいし、気温が高いですからね。ペットボトルでも買って来れば良かったんですけど」

久木もまた、シャツの第一ボタンを外しながら言った。彼の視線は、湧水に釘付けになっていた。

「このくらい澄んでいたら飲めるんじゃないかな」

「えっ、まさか」

戸張が止める間もなく、久木は湧水を手で掬い、そっと口をつける。

「大丈夫。冷たくて美味しいですよ」

「マジっすか？」

顔をほころばせる久木に、御子柴もまた、湧水に駆け寄る。

「センセー、これ持ってて。オレを撮って欲しいんですけど」

「あ、ああ……」

御子柴は、戸張にハンディカムを渡す。戸張は戸惑いながらも、御子柴に向けてカメラを回した。

御子柴はそっと湧水を掬ったかと思うと、豪快に飲み干した。

「んー、美味しい！」

めいっぱいの笑顔をカメラに向ける。水飛沫が木漏れ日を反射し、彼の笑顔がキラキラと輝いて見えた。

「……あざといな」

戸張は思わずぼやく。

「センセー、いいツッコミ。これ、多分採用するっす」

すっかり喉が潤った御子柴は、生き生きしながらハンディカムを受け取った。

「根ノ島の検証をするんじゃないのか」

「するする。もし、根ノ島の謎が解明されて噂が事実じゃないってことになったら、無断上陸をする人もいなくなるだろうし。そうすることで、林田さんみたいな本島の人達が迷惑をすることも無くなるし。あと、これだけ自然が豊かだってアピールできれば、観光資源になってオイシイんじゃないかって」

「君みたいなインフルエンサーはいいね。是非とも欲しい人材だよ」

久木がハンカチで口元を拭いつつ、御子柴を称賛する。御子柴は照れくさそうにはにかみ、それすら絵になりそうだった。

「そこが、人気者たる所以なんだろうなぁ」

戸張は誰に聞かせるでもなく呟くと、ずいぶんと先に行ってしまった林田達に小走りでついて行った。

森の中は起伏が激しく、運動不足の戸張はあっという間に最後尾になってしまう。

「大丈夫っすか？」

御子柴が戸張に足並みを揃えようと歩を緩める。

「大丈夫。まだ生きてる」

「それは大丈夫な人の台詞じゃないかな」

御子柴は戸張にハンディカムを向ける。戸張は力の入らない手で、それをやんわりと払った。

「この島、変な感じですよね」

「地殻変動で隆起してできたのが、浸食で削られて今の形になったんだっけか？　本島には休火山もあるし、この辺は大地が動きやすいからこんな風になっているんじゃあ……」

「いや、それじゃなくて」

御子柴は言葉を濁す。

彼のハンディカムは、御子柴と戸張の周辺に向いていた。

「御子柴君……？」

「しっ……」

御子柴の双眸は、いつの間にか鋭くなっていた。獣のように慎重に見つめている先には、鬱蒼と茂った森と藪があった。

何かいるのだろうか。

戸張は口を噤む。徐々に遠くなる林田の声、そして、虫や鳥の声が聞こえる。更に遠くから届くのは、波が断崖に打ち寄せる音か。

「人だ！」

御子柴は声をあげる。ギョッとした戸張は、御子柴の視線の先を見やった。

すると、いた。

赤いシャツの人物が、森の中にたたずんでいる。ぼんやりと、微動だにせず。

戸張は思わず後ずさり、息を呑んだ。だが――。

「――いや」

御子柴は目を凝らすと、訂正した。

「人じゃない、木だ」

「木だぁ？」

戸張の声が裏返る。

確かに、森に踏み込んでよく見てみると、それは服が引っかかっただけの白い木であった。

「くそっ、紛らわしい」

「センセー、ガチでビビってましたもんね」

御子柴はにやりと笑う。

「今の映像、使うんじゃないぞ」

「さて、どうしようかなーっと」

御子柴は視線をさまよわせる。この青年、本当に油断ならない。

「なんか、視線を感じた気がするんすけどね。気のせいか」

「というか、なんで木にシャツなんぞ引っかかってるんだ」

「さあ。誰かの悪戯か、忘れ物とか？」

首を傾げつつ、御子柴はその場を後にした。

「悪戯にしては悪趣味すぎる。忘れ物なら迂闊過ぎだ」

前のツアー客のものだろうか。それとも、無断上陸をしたもののものか。いずれにせよ、不可解なシャツだった。

森が見ているという殴り書きを思い出す。

「まさか……な」

どうも腑に落ちないものを抱きつつ、戸張は御子柴とともに林田達に追いつく。

他のメンバーは立ち止まり、林田の解説に耳を傾けていた。

「おっ……」

○ 9 ○

戸張は思わず声をあげてしまう。

先頭にいた林田の背後には、朱色に塗られた鳥居があったからだ。

ようやく、島の社に辿り着いたらしい。

「こちらが島の中心の社です。オヤドリ様が祀られている場所ですね」

林田の声色に、些か緊張感が滲んでいるのを戸張は聞き逃さなかった。

確かに、周辺の空気が少し変わった気がする。

今まで蒸し暑かったのに、やけにひんやりしている。楠居と梶山は、「マイナスイオンがすごい」とはしゃいでいるので、彼らも体感の変化に気付いたのだろう。

「へー、雰囲気ある」

御子柴が興味深そうにハンディカムを回す。

鳥居は朱色であったが、ところどころの塗装が剝げていた。海の近くにあるせいか、それとも手入れをされていないせいか、劣化がひどい。

遊歩道は林田達が管理しているようだし、鳥居も塗り直せばいいのだが、そういうわけにはいかないのだろうか。

「ん……？」

戸張は思わず、後ろを振り向く。

誰かに見られている気配がしたのだ。

しかし、背後には森が広がり、遊歩道が続くのみだ。

一瞬、白い人影が見えた気がしてギョッとしたが、それはただの白い枝の低木であった。戸張はひとまず安堵する。

先ほどのものは、御子柴が感じたという視線だろうか。やけに粘りつく感じの、こちらを監視するような視線だった。

戸張はぶるりと身を震わせる。果たして、野生動物があんな視線を寄こすだろうか。

「あれ？」

御子柴が、社の向こうに何かを見つけた。

「あれはなんですか？」

社の向こうに、やけに硬質な人工物が窺えた。

「油井のポンプジャックですよ。あれで石油を汲み上げていたんです」

林田は目を凝らして答える。

その表情は、睨んでいるようにも見えた。じっとりとした憎しみが、空気を介してヒシヒシと伝わってきたような気がした。

「へーっ！　境内に油田があるんですか？」

御子柴は食い入るようにポンプジャックを見つめる。

言われてみれば、確かに上下運動をして石油を汲み上げそうな機構だったが、こちらも錆びついて劣化していた。

もっとも、油田は今や閉鎖されているので、仕方がないことだが。

「廃油田なんて、滅多に見られないわね。ちょっとフォトジェニックじゃない？」

木下はスマートフォンを構え、鳥居をくぐろうとする。

その時だった。

「待ちなさい！」

林田が鋭く制止する。

「えっ？　入っちゃいけないんですか？」

怪訝(けげん)そうな木下に、林田は頷く。

「この先は……神聖な場所なので。私達でも踏み入らないんですよ」

「ふぅん……。それなら仕方がないか」

木下は腑に落ちない顔をしながらも引き返す。

「一眼レフでも持って来ればよかった」

「ここからじゃ、スマホで撮影するのはキツイっすよね」

御子柴もまた、鳥居の外からもどかしそうにハンディカムを回している。

社の外からでは距離がある上に、木々や藪に囲まれているせいで、油井の様子がよく分からない。

「ああ。廃墟マニアには需要があるわけですね」

久木は納得したように、木下の様子を眺めていた。

「私はマニアっていうわけじゃないけど、廃墟の写真を載せると喜ぶ層がいるんですよね。

ブログのサムネイルに使うと、アクセス数が伸びるんだけど……」

木下はそう言いながらスマートフォンの画面を見やる。そこにはポンプジャックが小さく写っており、記録としては充分だがフォトジェニック感は不十分であった。

「神社も誰もいないんですか？」

梶山が林田に問う。

「ええ、無人島ですし。それに、今はツアー以外で立ち寄る人はいませんよ。一人で来るところでもありません」

林田は辺りをしきりに気にしつつ、梶山に答えた。

「なんだ。神聖な場所が荒れ放題ってのも勿体無いな」

彼氏の楠居は残念そうにぼやく。

「そう……ですね。なんだか寂しそう」

梶山もまた、朽ちかけた拝殿を見つめる。

「御朱印があったらもっと賑やかだったろうに」

楠居がそう言うと、木下がおもむろに溜息を吐いた。

「御朱印ねぇ。あなた達、スタンプラリーと勘違いしてない？」

その一言に、楠居が露骨に嫌な顔をし、梶山は申し訳なさそうに目を伏せる。

「御朱印っていうのは、神社仏閣に参拝した証としてもらうものであって、記念に書いてもらうものとは違うのよね。最近、参拝もしないで社務所に一直線のカップルを見たし、あなた達もその類なんじゃないの？」

木下は、明らかに侮蔑の目を二人に向けていた。

「そんなわけないだろ」

楠居はぴしゃりと否定した。

「あんたこそ、人の迷惑を考えずに映える写真ばっかり撮ってる人間じゃないのか？」

「ハァ？　私はちゃんとマナーを守ってるじゃない」

ほら、と言わんばかりに鳥居の向こうに踏み込んでいない足を見せつける。売り言葉に買い言葉の楠居に対して、梶山は「もうやめよう」と小声で制止していた。

だが、楠居の暴言は止まらない。

「変な突っかかり方しやがって。おひとり様なのが寂しいのかよ、おばさん」

「あらあら。あんたは若いのに、前時代の価値観なわけ？　あんたみたいな沸点が低いボウヤに振り回されたくないから一人でいるのよ。一人のほうが気楽だから、好きで一人でいるわけ。あんたみたいなののお守りなんて御免よ」

木下は、梶山の方をチラリと見やる。梶山は、ビクッと身体を震わせたかと思うと縮こまった。

「ほら、彼女もあんたの荒らげた声に萎縮してるじゃない」

「違う。あんたの声にビビってるんだよ」

二人の言い合いが止まらない。

「ま、まあまあ」

戸張はとっさに、二人の間に割って入った。だが、木下と楠居、双方に睨みつけられて、思わず半歩下がる。

「あっ」

ひりひりしたその場の空気に似合わぬ間の抜けた声が、御子柴の口から漏れた。

一同が不思議そうにそちらを見やると、御子柴はペロリと舌を出した。

「さーせん。今の音声、めっちゃ入り込んでたっす。臨場感があって面白いなーって思うんだけど、そのままうちのチャンネルで流していいですかね」

木下と楠居の顔が、さっと青ざめた。

「ダメに決まってるだろ！」

二人の声が重なり合い、あっけらかんとした御子柴に浴びせられる。

「おっ、息があっていいなぁ。まあ、一般の方の会話を不本意な形で流すのは、オレのポリシーに反すところなんで」

御子柴はそう言って、動画を消す仕草をした。

木下と楠居は胸を撫で下ろし、梶山もまた、安堵の息を吐く。

「蒸し暑いですしね。苛立（いらだ）つ気持ちも分かりますよ」

久木は苦笑しながらもフォローをする。

「失礼。見苦しいところを見せてしまって。でも、日が傾いてきたお陰で、少し涼しくなりましたし」

木下は調子を取り戻し、空を仰ぐ。

生い茂った木々の枝葉の向こうに、オレンジ色に染まり始めた空が窺える。影は少しずつ伸びて、薄闇が森を浸し始めた。

ごくり。

林田が息を呑む音が、全員の耳に届く。

「……さささっ、急ぎましょうか。ずいぶんと時間を使ってしまいましたし、暗くなる前に戻らないと」

林田は逃げるように社へ背を向け、そそくさと来た道を戻ろうとする。

御子柴はしばらくの間、名残惜しそうに社を見つめていた。

「ほら、我々も林田さんの後に続こう。本格的な撮影は、明日やるんだろ」

戸張も御子柴を促す。

御子柴は、「んー」と煮え切らない返事をした。

「せっかくここまで来たのに、勿体無いな。島のおおよそが分かったし、撮影の構成も見えてきたけど……」

「けど？」

「せっかく、一カ月に一度のチャンスなんだし、飛行機で遠いところまで来てるんだから、やっぱり、今日取材したい欲が出てきたっていうか……」

「だが、流石に我々だけ島に残してくれとは言えないだろう。許可だって取れていないわけだし」

私も嫌だし、という気持ちは、戸張は胸に秘めておく。不思議を好む戸張であったが、怖いものは怖い。

「たしかに、そうなんですよね。許可が取れなかったところは諦めるしかないんだけど、せっかく、現地の人に案内してもらったのになぁ」

御子柴は腕を組んで考え込む。

そうしているうちに、御子柴は彼なりに結論を出したようで、先を行く林田へと足早に歩み寄る。

「ガイドさん、いいっすか」

「なにか？」

林田は立ち止まりもせず、歩を緩めることもせず、ただひたすら歩きながら御子柴に聞き返す。

「根ノ島について、聞きたいことがあるんですけど」

「ええ。答えられることなら答えますよ」

快諾する林田に、御子柴はパッと嬉しそうに微笑む。

「あざーっす。それなら、死者に会える日について教えて欲し――」

「その話をここでしてはならん！」

林田の激昂(げきこう)が、御子柴の質問を遮る。

林田の後について戻ろうとしていた全員が、彼を見つめた。

だが、林田はそんな視線を気にした様子はない。丁寧語もかなぐり捨て、「絶対にダメだ」と念を押した。

「特に今日は良くない。その話はしないでくれ、お願いだから……」

林田の激昂は徐々に勢いを失い、やがて懇願へと変わる。彼は目を見開き、ぎょろぎょろと動かして周辺を見渡し、何度も鳥居の方を振り返った。

だが、何かが現れたり、追いかけてくる様子はない。

はぁ、はぁ、と林田の荒くなった呼吸だけが聞こえる。

林田は深呼吸をして息を整えるや否や、ずんずんと前に進み出した。

「さ、さーせん……」

さすがの御子柴も驚いたようで、呆気(あっけ)にとられながら謝罪の言葉を述べる。

一同もまた、お互いの顔を見合わせて沈黙した。

いつの間にか虫や鳥の鳴き声が途絶えている。しんと静まり返った森の中から、葉擦れの音だけが聞こえてきた。

それに混じって、パキッと枝を踏みしめる音が聞こえた気がする。背後にある社から、言いようのない気配がひたひたと迫る。

戸張も確かに感じていた。周囲の森から、あの粘つくような視線を。

一同は口を堅く閉ざしたまま、頷き合う。

そして、足早に林田に続いたのであった。


道の険しさゆえ、一行が広場まで戻ってきたのは、日が沈みかけてからであった。

「あー、疲れた」

森を抜けた木下は、喘（あえ）ぐように深呼吸をすると、本島で買ったと思しきペットボトルのお茶を飲み干す。

「痛っ……」

楠居に続こうとした梶山が、小さな悲鳴をあげる。

「どうしました？」

紳士的に声をかけたのは、久木だった。

「だ、大丈夫です」

「いいや。これは大丈夫じゃないでしょう……！」

梶山の踵（かかと）に血が滲んでいるのを、久木は目ざとく見つけた。梶山はオシャレなサンダルを履いて来てしまったため、ベルトで靴擦れができてしまったのだ。

「あーあ、そんな靴を履いて来るから」

楠居が気づいて、梶山のもとまでやってくる。

「ごめんなさい……」

「別にいいけどさ。ツアーは終わるし。ホテルで絆創膏でももらおう」

楠居は梶山の細い腕を摑み、立たせようとする。梶山は血が滲む足で、よろよろと立ち上がった。

「待って」

久木が二人を制止する。

「そのままじゃ痛いでしょうし、よろしかったらこれを」

久木は梶山に、近くの岩に腰掛けるように促す。

梶山がうろたえながらも従うと、久木は跪いて彼女のサンダルを脱がせ、白いハンカチを足首に巻いた。

「えっ……、いけません。あなたのハンカチが血で汚れちゃう……！」

慌てる梶山だったが、久木は柔らかく微笑んだ。

「いいんですよ。女性が血まみれで歩いているのを見る方が辛いですしね。このハンカチも安物ですから、差し上げますすよ」

「でも……」

梶山がまごまごしているうちに、久木はさっさと立ち上がって踵を返してしまう。その背中を見つめる梶山の目は、満更でもなかった。

「良かったじゃないか。優しい人がツアーにいて」

楠居は梶山の肩をポンと叩く。そこに、嫌味や妬みは感じられない。純粋に、久木の厚意を喜んでいるようだった。

「……」

梶山はうつむき、おぼつかない足取りでその場を離れる。梶山のうつむきが頷きに見えたのか、楠居はそのまま彼女と並んだ。

一行がなかなかついてこないのを、林田は落ち着かない様子で眺めている。

「ああ、一時間も押してる……！」

「暗いと海は危ないですしね」

戸張は林田を宥めるように同意した。

しかし、林田は「ええ、まあ……」と心ここにあらずの様子で頷く。彼はしきりに、森の方を見つめていた。

「やっぱり、地元の人も怖いみたいですね」

御子柴は戸張に耳打ちをする。

「だな。まあ、私が彼らの立場でも同じような反応をすると思うが……」

そうしているうちに、楠居と梶山も追いついた。久木も木下もさっさと合流していて、木下なんかは「やば、ホテルに伝えたチェックイン時間が過ぎてる」と時計を気にしていた。

「では、全員揃っていますし、本島に戻りましょう。皆さま、本日はツアーにお付き合い頂きまして有り難う御座いました」

林田は早口にそう言うと、桟橋へ向かう木の階段へと急いだ。

断崖の近くに向かった戸張は、風がかなり強くなっているのを感じた。暗くなりかけた海に立つ白波も、激しさを増している。

「たしかに、早く戻りたいところだな」

戸張がぼやいたその時であった。

「な、どういうことだ！」

林田の悲鳴じみた声が聞こえる。

「どうしました？」

久木が林田の背中に尋ねるが、林田は階段を駆け下りるように去ってしまった。あまりにも慌てた様子に、一同は顔を見合わせる。

御子柴はハンディカムを回しつつ階段を下り、戸張達もまた、それに続いた。

だが、階段を下り切る前に林田が叫んだ意味がよく分かった。

停めていたはずの船が、なかったのである。

「確かに……ここに船があったよな」

楠居は信じられないといった表情で、何もない桟橋に歩み寄る。ボラードにロープがかかったままであったが、ロープは途中から切れていた。

「古いロープだったから、切れたってこと？」

木下は苛立たしげに言った。御子柴はハンディカムから目を離し、ロープの断面を注意深く眺めると、首を横に振った。

「これ、自然に切れたんじゃなくて切られたんじゃね？　ほら、切断面が綺麗だし」

御子柴は、木下にロープの断面を見せる。その後ろから、戸張達も覗き見る。

確かに、切断面は揃っていた。

ロープの劣化でちぎれてしまったのなら、徐々に切れるので切断面も揃わないはずだ。

「それじゃあ、誰かが切ったということ……か？」

戸張の言葉に、しんと一同が静まり返る。

「でも、誰が？」

「ツアーでずっと一緒にいたのに？」

お互いに顔を見合わせるが、皆、疑心暗鬼になっているのが明らかであった。

「それか、島の中に誰かが潜んでいたとか……」

声を潜める久木に、一同はハッとした。

根ノ島には、予め誰かが潜んでいた。その誰かが、ツアー客が乗っていた船のロープを切り、船を波にさらわせてしまった。

ツアー客の中の誰かがやったというよりも、自然で、有り得る話だった。

「だが、我々でない誰かがやったとしても、何のために？」

戸張の問いに、答える者はいなかった。

不気味な伝説がある無人島に潜み、ツアー客を孤立させる理由は、誰にも思い浮かばなかった。

「冗談じゃないわ。本島から迎えの船は来ないの？」

木下は林田の方を振り返る。

林田は既に本島と連絡を取っているようで、無線で話をしていた。

そうしているうちに、傾きかけていた太陽が西に沈み、空が黄昏(たそがれ)色に染まって、東の空が暗くなっていく。青かった海も、徐々に黒々とした本性を現し始めた。

波が砕ける音が響く。階段のすぐそばにある岩場が波を受け止め、冷たいしぶきが戸張達の頬に振りかかった。

長い時間が経ったように感じた。

しばらくすると、林田が顔を土気色にしてやってきた。

「……迎えは来ません」

「はぁ？」

「海がこれから荒れるので……船が出せないそうです。そもそも、本島に残っているのは、私達が乗って来たものよりも小さいものばかりなので……」

林田は、消え入りそうな声で説明する。

本島へは帰れない。

つまり、一同はこの島で一晩明かさなくてはいけないのだ。

よりによって、死者が出るというこの日に。

「マジか……」

楠居が呻き、スマートフォンを取り出してホテルに連絡をしようとする。だが、彼は頭を振った。

「電波も来てないのか。ホテルはどうするんだよ……」

「というか、我々はこんな何もないところで、一晩明かすのか……？」

戸張は眉間を揉む。

「ガイド用の小屋にならば、多少の備蓄が……。この人数ならば、窮屈ですが雨風は凌げます……」

林田はがっくりと肩を落とし、おぼつかない足取りで来た道を戻る。彼の背中は、一回りも二回りも小さくなっていた。

一同も、林田の後について行く。木下は「ありえない！」とか「どうして！」と喚き、久木が「まあまあ」と彼女を宥め、楠居は何度もスマートフォンの電波状況を確認し、梶山は重い足取りでそれについて行った。

「ここにいても、船が戻ってくるわけじゃないからな。我々も行こうか」

戸張は御子柴の方を振り返るが、その瞬間、ギョッとした。

御子柴の瞳が、赤く見えたのだ。だがそれは、御子柴の瞳に映ったものだと気づく。

「ヤバくないですか？」

御子柴は震える唇でそう言った。

戸張は御子柴に促されるように東の空を見やるが、彼の「ヤバい」の意味がよく分かった。

東の空には、真っ赤な月が昇っていた。

水平線の向こうから、禍々しいまでの血塗られた月がこちらを見つめている。

その月は、この上なく満ちていた。

御子柴はハンディカムを向けるのを忘れ、戸張は声を発するのを忘れて月を見つめていた。

生暖かい風が指先に絡み、からかうように過ぎ去っていく。

「月ってあんなにデカく見えたっけ……」

「地平線の近くにある月は、光の屈折の関係で大きく見えるらしいからな……。それにしても、あれは……」

無人島で孤立した者達を嘲笑う邪神のような悪意すら感じる。こんな月の下で出会える死者なんて、ろくでもない者に違いない。

しかし、戸張は御子柴の方を向いてギョッとした。

御子柴は、笑っていたからだ。

「やべー。オレ、ワクワクして来たんだけど……！」

ハンディカムをぎゅっと握り、高揚した笑みを満面に浮かべる。

「いやいや。我々は明日まで、この胡散臭い島で過ごさなくてはいけないんだぞ。そんなことを言っている場合か」

「でもセンセー、立ち入り禁止のその先に行けるんですよ！」

どんなに頼み込んでも許可をもらえなかった、満月の夜の取材。意図せずに、それがなされることとなるのだ。

まさか。

戸張の脳裏に嫌な予感が過ぎる。だが、慌てて首を横に振った。

御子柴なら、戸張とずっと一緒にいた。ロープを切る隙は一切なかったはずだ。

それに、彼が犯人ならば、人がロープを切ったのだと真っ先に指摘するのは不自然だ。しかし、彼は聡明なので、それすらも織り込み済みかもしれない。

(冷静になれ……)

戸張は、自らにそう言い聞かせる。

月は正常な判断を奪うと昔から言い伝えられているではないか。満月の魔力に当てられてはいけない。

「御子柴君、興奮する気持ちは分かる。だが、ロープを切った人間がいる以上、用心することだ。その人間が誰で、何を目的にしているか分からないのだから」

「だからこそ、ワクワクするんじゃないですか」

御子柴は挑戦的な笑みを浮かべる。

「誰が犯人か、何を目的としているのか、そして、根ノ島の伝説は本当なのか。これだけミステリアスな状況の裏に、どんな真実があるのか知りたいじゃないですか」

そうだった。御子柴は謎を解きたい人間だった。

戸張は、自らの腕をさする。また、蕁麻疹の気配がしたからだ。

「……とにかく行こう。林田さんが心配する」

「そうっすね。オレが疑われても嫌だし」

御子柴の軽口に、先ほどまで御子柴を疑っていた戸張はぎくりとした。

二人は木でできた階段を慎重に上る。風がかなり出てきたせいで、階段はギシギシと激しく軋んでいた。

階段も崩壊してしまったら、崖から下りる手段がなくなって本当に孤立してしまう。戸張が慎重に上ると、既に一同が小屋の前に集まっていた。

あの、「森ガ見テイル」と書かれた小屋の前で。

「寝袋は二つしかないので、睡眠は交代で取ることになります。とはいえ、雑魚寝で構わない方は関係ありませんが……」

すっかり意気消沈した林田は、そう前置きしながら小屋の扉を開けた。

埃が舞い上がり、一瞬だけ視界を遮る。

窓から入る月明かりに照らされたのは、狭い玄関とキッチンであった。キッチンの奥には畳の六畳間があり、反対側はトイレに繋がっているらしい。トイレは汲み取り式だそうだ。

「広さはギリギリ……かしら」

木下は露骨に顔をしかめる。

「非常用の発電機でこの小屋の電力は賄えますが、水は通っていません。井戸も何とかありますし、戸棚に備蓄用のペットボトルがあるので……」

ぬるいかもしれませんが、と林田は付け加える。

「この島で過ごすなんて恐ろしい……ああ、恐ろしい……」

林田の重々しい溜息が、小屋の中の空気を更に重くした。

そうしているうちにも、外には夜の闇が迫ってくる。

東の空からは、赤い月が星を引きつれてやってきて、空の大半は夜に染まっていた。

「ここまで何もないと、星が綺麗だろうしさ。いっそのこと、気分を切り替えて天体観測なんてどうかなー……なんて」

異様な空気に耐えかねたのか、楠居がそう切り出した。

だが、林田は叫ぶ。

「絶対に外に出るな！　いいか！　絶対にだ！」

取り乱した林田は、楠居に掴みかからんばかりの勢いだ。

「わ、わかったよ……」

完全に気圧(けお)された楠居は、林田に押し込まれるようにして小屋に入った。残りのメンバーも、林田に逆らう者はいなかった。

「確かに星は綺麗だろうけど、こんな不気味な島で天体観測もねぇ……」

木下は小屋に入るなり、ちゃっかり窓際を確保していた。

「……林田さんのこの慌てよう。やはり、噂は本当なのだろうか」

小屋に入った戸張は、御子柴にしか聞こえない声でポツリと呟く。御子柴は相変わらずハンディカムを回しながら、にやりと笑った。

「それならマジで面白いっていうか、撮れ高抜群じゃないですか？　ただまあ、オレは懐疑的ですけどね」

「ほう？」

「昼にも何かの気配がしてたし、夜行性の野生動物ってことはありません？　野生動物が伝染病を運び、野生動物が立てる物音が死者だと誤認され、野生動物から身を守るために夜は出歩かないようにする——っていう。可愛いトラツグミの鳴き声だって、鵺っていう化け物を生み出したんだ。有り得ない話じゃないと思うけど」

「だが、満月の夜限定なのが分からんな」

戸張は、腕をさすりながら言った。

「こんなに何もない島だし、満月くらいじゃないとよく見えないとか。満月の光量って、約〇・二五ルクスなんですよ。これって、二〇メートルくらい先に置いた一〇〇ワットの白熱電球に照らされるくらいの明るさっす。馬鹿にできる明るさじゃないでしょ」

「すごいな。そんなことまで知ってるのか」

御子柴の推測よりも、その知識量に戸張は目を剝く。

「動画配信者はトーク力が必要なんで、雑学は頭に叩き込んでおくんですよ」

御子柴は得意げに話すと、「それはさておき」と話を戻す。

「野生動物が立てる音が誤認された程度ならいいんですけどね。シルエットが人っぽいと怖いな。だってそれ、二足歩行になれる動物でしょ。熊の可能性もあるじゃん、って思って」

「……だが、足跡や糞などの痕跡は見当たらなかった」

「それ」

御子柴は戸張をびしっと指さす。

「オレの推測も、妄想の域を出ないんですよね。死者の正体が何なのか。どうして死者だと思われるようになったのか。判断材料が足りない」

「ロープの件もあるしな」

「あれも誰がやったかよく分からないんですよね。あとで映像を見直してみようと思って。何か写ってるかもしれないし」

「ああ、頼む」

戸張は、小屋の中をぐるりと見回す。

すでに全員が小屋の中に避難しており、林田が入り口の前で一行を見張っている。戸張もまた、林田と目が合って、曖昧な笑みを返した。

(尋常ではないな)

林田は瞬(まばた)き一つせず、目を血走らせている。誰も外に出さないという確固たる意志を以(もっ)て仁王立ちになっていた。

その双眸には、明らかな怯(おび)えが窺えた。

戸張は気になっていた。林田は、死者と呼ばれる者を見たことがあるのかどうかを。見たことがあるから、あんなに怯えているのではないだろうか。

部屋の一角では、久木が梶山の足を消毒し、包帯を巻いてやっていた。小屋にあった救急箱から取り出したらしい。

「あんたねぇ。彼女の治療をするのは彼氏の役目じゃない？」

二人の様子を見ていた木下は、しびれを切らしたように楠居に言った。

それを聞いて、楠居はハッとする。

「そっか……！　ごめん、梶山さん。大丈夫？」

楠居は悪びれる様子もなく、久木に治療される梶山に謝る。梶山は遠慮がちに苦笑を返した。

「大丈夫です。久木さんが包帯を巻いてくれたので……」

「消毒は大袈裟(おおげさ)かもしれませんが、感染症がどうのとも聞きましたしね。念のため」

久木は優しく微笑み、救急箱を片付ける。

「あんた達、本当にカップルなの？」

木下は胡散臭いものを見る目を、楠居と梶山に向ける。

「は？　人様の関係にとやかく言うなよ」

楠居は苛立たしそうに返した。梶山は、申し訳なさそうに目を伏せる。

「カップルってお互いを知って惹かれた上で成立するものでしょ？　でも、あんた達を見てると不自然なのよね。お互いのことをあんまりよく知らないっていうか、形だけカップルのふりをしているっていうか――」

木下の鋭い目は、梶山に向けられる。

「あんたなんて、そこの男について行ってるだけじゃない。その男のどこがいいわけ？　あんたの意思はないの？」

ずかずかと踏み込んでくる木下に、梶山は消え入りそうな声で「……ごめんなさい」と謝ることしか出来なかった。

「別に、謝って欲しいとかじゃないけど」

余計に癇に障ったようで、木下は舌打ちをした。

さすがに言い過ぎではないか、と戸張は思う。

小屋の中の空気は最悪だ。これから明朝まで、狭い空間で過ごさなくてはいけないというのに、こんなことをしている場合ではない。

「その、君達――」

「あんた達よりも、そこの御子柴君と作家先生の方がよっぽどカップルらしいわよ」

「なにを言ってるんだ⁉」

戸張は目を剝いた。

「あははっ、ウケる。オレとセンセー、カップルだってさ」

御子柴は爆笑しながら戸張の背中を叩く。本気で笑っているようで、叩く力に容赦がない。

「まあ、確かに。二人とも内緒話が多いですし」

久木すら、救急箱を片付けながら半笑いだった。

「そんなわけないだろう！　わ、わ、私はっ……！」

「セクシーな女の子の方が好み？」

慌てふためく戸張に、御子柴が肘で小突きながら茶化す。

「馬鹿もん！　清純派の女性の方が好みだ！」

「センセーの好み、頂きましたー！」

御子柴が声高にそう言うと、木下と久木が軽く拍手をして盛り上げる。

「お、大人をからかうんじゃない！」

「残念。オレはセンセーみたいな真面目なタイプ、割と好みなんだけどな」

「こいつ……！」

冗談っぽく笑う御子柴に、戸張はわなわなと震える。戸張は完全に、若き配信者の手のひらの上で転がされていた。

だが、場の空気は確実に変わっていた。先ほどまで一触即発だったのが、和やかなものになっている。

「……マッチングアプリだよ」

楠居がぽつりと言った。

「俺達はマッチングアプリで知り合って、実際に顔を合わせたのは今日が初めてだ」

「ああ、そういうこと」

白状した楠居に対して、木下はあっさりと納得した。彼女の興味は別のものへ移ってしまっていて、彼らにそれ以上の追及はなかった。

梶山は、ずっと恐縮するように押し黙っている。木下の方を見ようとせず、楠居と目を合わせることもなく、自分の殻に閉じこもっていた。

その様子があまりにも憐れで、戸張は声をかけようとした。

女性に接することに慣れているわけではなかったが、こんな状況下で、彼女を一人ぼっちにするには忍びなかった。ツアーのメンバーに囲まれているとはいえ、彼女の心は孤立しているように見えたから。

「あの――」

戸張が梶山に話しかけようとしたその時、小屋の扉が叩かれた。

ドンドン！　と無駄のない鋭い音だ。

「ひぃっ！　な、何よ！」

木下は怯えながらも、気丈に叫ぶ。一同の顔から笑みが失せ、御子柴がハンディカムを構えた。

日はとっくに沈んでいる。

まさか、死者か？

その場にいた全員が顔を見合わせる。まるで、同じことを考えているかのように。

目を皿にして一同を監視していた林田は、ゆっくりと、激しくノックをされる背後の扉の方を振り向いた。

「開けるものか……開けるものか……！」

林田は、扉に鍵(かぎ)が掛かっているのを確認し、ドアノブをギュッと押さえた。外の何者かが、扉を開かないようにと。

「おい！　開けてくれ！　誰かいるんだろう？」

しかし、扉越しに聞こえてきたのは、生きている人間の声だった。生きていると断言したのは、その声があまりにも生命力に溢れていたからだ。

林田もそれを察したようで、慎重に鍵を開けて、少しずつ扉を開く。扉の向こうから現れたのは、闇を背負った大男だった。

武骨なその男は、迷彩服をまとい、イヤーマフを装備している。その手には、猟銃が携えられていた。

どこからどう見ても、猟師である。

銃の存在に、一同はギョッとした。

「やっぱり人間がいたか。今日は無人のはずなのに、どうして明かりがあるのかと思ったが」

男は何が面白いのか、一同を眺めて口角を吊り上げる。

「あんたは?」

戸張達が銃を持った大男に気圧される中、御子柴が真っ先に尋ねる。

「猪森とでも名乗っておこうか。ご覧のとおり、ハンターだ」

「そんなごつい銃を持って、何を狩るわけ? 今日がどんな日だって知ってるの?」

「満月の夜には死者に会える。それが、この根ノ島の伝説だろう?」

猪森は訳知り顔で言った。林田は顔面蒼白で辺りを見回すが、猪森の背後には何もいなかった。

やはり、死者の正体は野生動物なのか。

ハンターが現れれば、いよいよ、御子柴の説の信憑性が強くなる。

戸張は、じわじわと違和感に包まれる腕をさすった。死者に会える島の神秘のベールは、早くも剝がされてしまうのか。

だが、猪森の口から飛び出たのは意外な言葉だった。

「満月の夜は、死者とともに神が現れる。この島に祀られる『オヤドリ様』ってのを仕留めるために、俺は船に乗ってやって来たわけだ」

「なっ……!」

絶句したのは林田だった。

「オヤドリ様とやらを、仕留める……？　というか、死者のみならずオヤドリ様が現れるというのか？」

戸張は猪森に尋ねる。すると、猪森は片眉を吊り上げた。

「なんだ、知らねぇのか。オヤドリ様ってやつが死者を連れてやってくるから、満月の日は根ノ島が封鎖されるんだ。地元の人間は、その辺の事情を知っているはずだぜ」

猪森の言葉に、一同の視線が林田へと注がれる。

林田はぐっと押し黙っていたが、玉のような汗を身体から滲ませ、ぽたぽたと滴らせていた。

恐らく、林田は知っていたのだ。だから社に怯え、祭祀されている神の名を口にするのも憚っていたのだ。

口にしたら、本当にやって来そうだから。

さわさわと、小屋がある広場の周辺の草木が揺れる。湿って生暖かい風が渦巻き、藪を不自然に揺さぶった。

野生動物の気配ではない。

底冷えのする空気が、開いた扉から小屋の中に入り込んだ。窓の外に見える森から、無数の何者かの視線を感じる。

小屋に入った時とは、明らかに空気が変わっていた。

虫の声は聞こえない。不自然なまでに、生き物の気配がしなかった。

沈黙が重くのしかかる。

その場にいる者達は、根ノ島が刻々と異界になっていると実感せざるを得なかった。

「……今来たばかり？」

御子柴が、用心深く尋ねる。

「ああ。船から降りて階段で崖を上ったら、小屋に明かりがついていた。不自然に思ってノックをしたってところだな」

つまり、切れたロープとは関係がない。

御子柴は腑に落ちない顔で、「そう……」と引き下がった。

「そうだ！　船！」

楠居が何かを思いついたように立ち上がった。

「あんた、船で来たって言ったよな！」

楠居は猪森に詰め寄る。

「ああ。小さい船だが」

「あんたはどうせ、神とやらを狩るために朝までこの島にいるんだろう⁉　だったら、朝に救助の船が来るから、それで本島に戻ればいい！」

まくし立てるような楠居に一同は呆気に取られていたが、木下がハッとした。

「あんた、まさか……！」

「船があるなら、早々に脱出できる！」

楠居は、呆然としたままの梶山の手を取り、足早に小屋を出る。彼が向かった先は、崖下の桟橋だ。

「ま、待て！」

林田は声を投げるものの、動けないでいた。

楠居と梶山に続いたのは、木下だった。

「あいつ、自分達だけ脱出するつもりだわ！　そうはさせない！」

韋駄天のごとき勢いであった。

呆気に取られていた久木であったが、「我々も行きましょう」と戸張と御子柴とともに階段を下りる。

だが、桟橋には何もなかった。

楠居と木下は、スマートフォンのライトを頼りに辺りを捜していたが、やがて、絶望的な表情で立ち尽くすことになる。

「船で来たが、船を停泊させちゃいねぇよ」

少し遅れて、猪森が階段を下りてくる。

「どうして……！」

猪森が銃を持っているのを忘れたのか、楠居が食って掛かる。猪森は大きな手で、それをやんわりと払った。

「波が荒れる中、島の漁師に無理やり出してもらったんだ。漁師はさっさと帰ったし、迎えに来るのは明朝だぞ」

「クソッ！」

楠居は吐き捨てるように息を吐く。

「その船で、俺達を本島に連れて行ってくれればよかったのに！」

「ああ？　何かあったのか？」

猪森がいまいち事情を呑み込みかねているのに気づき、戸張が今までの経緯を説明する。すると、猪森は「なるほどねぇ」と肩を竦めた。

「そいつはまあ、巡り合わせが悪かったな。あんたらが戻れなくなったことは、島民全員が知ってるわけじゃねぇ。まあ、禁じられている満月の日に渡しをするわけだし、知っていたとしても乗せるかはわからねぇが」

そう。猪森は島の自治体が懸念していた、「死者に会える日に無断で島に入った」人間だ。そして、手引きをした島民もまた、自治体の悩みの種の一つだった。

「立派な小屋があるんだ。明日の朝まで、そこでトランプでもして一夜を過ごせばいいんじゃないか？」

猪森は気楽なものだった。そんな彼に、御子柴が歩み寄る。

「その間、猪森サンはオヤドリ様とドンパチやるんです？」

「そうなるな」

「つーか、オヤドリ様ってどんなヤツっすか？」

「さあ？　会ってみればわかるだろ。異形の神様らしいぜ」

猪森は不敵に笑う。御子柴も合わせるような笑顔であったが、双眸は鋭く、猪森の一挙手一投足を見逃さないと言わんばかりだ。

「その神様を仕留めて、猪森サンはどうするつもりなんです？」

「そいつは秘密だ」

猪森もまた、不揃いな歯を見せて笑う。

「頭がおかしいよ。神様を殺すなんて」

楠居は頭を振りながら、梶山を連れて階段を上る。強い風が吹きつけるので、何度もよろめきながら。

「神様がいるなら、無事に帰れることを祈るべきなんじゃないのか？」

一同が階段を踏みしめるたびに、ミシミシと嫌な音がする。何度も往復しているし、いつ壊れてもおかしくないのではないかと戸張は思っていた。

それこそ、神がいるならば祈りたい。階段が壊れず、このメンバーで仲間割れをせず、無事に明朝に本島へ帰れることを。

もっとも、願う相手が善神であることが前提だが。

「ガイドさん、置いてきちゃったわね」

木下は、気まずそうに崖の上を見上げる。

「私達が外に出ることを嫌がってたし、戻った途端、頭をかち割られなきゃいいけど」

「それは流石に……」

無いだろう、と戸張は続けようとしたが、有り得ない話ではない。

林田の様子は尋常ではなかったし、こちらが予期せぬ行動に出るかもしれなかった。

いずれにせよ、警戒しなくてはいけない。

戸張は身構えながら、なんとか階段を上り切る。

そこで、楠居と梶山が固まっていた。

「どうしたんだ?」

「あ、あれ……」

梶山が、震える声で辛うじてそう言った。瞬きをせずに固まっていた楠居の視線の先には、林田がいた。

「林田……さん?」

林田は、うつ伏せになって地面に伏していた。

「……どうしたんです?」

戸張が、恐る恐る歩み寄る。

返事はない。

それどころか、ピクリとも動かない。いやな予感が頭を過ぎる。だが、戸張は必死に振り払った。

自分達が桟橋にいる間に、病気の発作でも起こしたのかもしれない。

身体を打った可能性があるので、ゆっくりと身体を仰向けにさせる。林田は、何の抵抗もしなかった。それどころか、手はだらりと垂れ下がったままだった。

「林田さん？　林田さん！」

戸張が名前を呼んでも、林田は反応しない。

仰向けになった顔からは、すっかり生気が失せていた。それどころか、目は力なく半開きになっており、だらしなく開いた口からは涎が垂れている。

「まさか……！」

遅れてやって来た久木もまた、戸張が抱える林田に駆け寄った。

久木は林田の首筋の辺りに手を当てる。脈を測っているのだと察した戸張は、林田の手首を探った。

だが、手首はひんやりとしていて、蠟人形のように白かった。

「……戸張さん」

久木は声を震わせている。戸張には、その理由が分かった。

いくら脈を探しても、鼓動を感じないのだ。

「死んでる……？」

一同がざわつく。

戸張はとっさに、御子柴の方を振り返る。御子柴はやはり、ハンディカムをこちらに向けていた。

「御子柴君！　今すぐカメラを止めろ！」

「ダメだ！」

御子柴は強く否定した。彼の顔に、あの軽薄な表情は見当たらない。

「林田サンがマジで亡くなってるなら、こいつはセンセー達が無実である証拠になる。それに、今、オレ達が気づけない何かにも、あとで振り返って気づけるかもしれない。こいつは、配信用じゃない。事態を把握する記録用だ！」

「無実って、林田さんは恐らく、病気か何かで……」

「センセーは、本当にそう思うんです？」

間髪を容れずに、御子柴が問う。

違う。

最悪の可能性から目をそらしていた戸張は、御子柴の鋭い一言で現実と向き合わざるを得なくなる。

ロープを意図的に切った誰か。そして、皆が目を離した隙に亡くなっていた林田。

その点と点は、一本で結ばれてしまう。

「島に何者かが潜んでいて、こちらを狙っているかも……」

ぽつりと呟いたのは、木下だった。それは、誰もが思っていて、口に出来なかった言葉だった。

「だが、外傷がない」

戸張は取り乱しそうになるのを、必死にこらえる。努めて冷静に、林田の身体を一瞥した。

刺された様子もないし、撃たれた様子もない。野生動物に噛まれたような痕も見当たらなかった。

「呪いだ」

楠居が呟き、梶山が震える。

「呪いだぁ？」

胡散臭げな表情をする猪森を、楠居がきっと睨みつけた。

「あんたが狩ろうとしている、オヤドリ様っていうのが怒っているんだ！　あんたが無礼を働き、俺達が満月に根ノ島に残ったから！」

楠居の叫びに呼応するように、風がざあぁっと吹き荒れる。木の葉が舞い、真っ黒な森の中へと飛んでいった。

呪い。

その言葉が孕む不吉さが、波紋のように拡がっていく。

不安が満月のように膨れ上がり、やがて、弾けた。

「いやああっ！」

唐突に叫んだのは、木下だった。

彼女は猪森の猟銃をむんずと摑んだかと思うと、彼の手から奪い取る。

「なっ……」

猪森が驚いている隙に、木下は後方に飛び退いて一同と距離を取った。

「呪いだろうが何だろうが関係ない！　私は一人になっても生き残ってやる！」

「おい、やめろ……！」

猪森が制しようとするが、木下は銃口を向けた。彼女は殺気に満ちた獰猛な目で、一同をぐるりと見回す。

梶山の目が、木下の目と合う。その瞬間、彼女の恐怖が頂点に達した。

「い、いやっ……！　やめて！」

「梶山さん！」

梶山は木下の視線から逃れるように、地を蹴って走り出した。楠居は慌てて梶山を追いかける。

「おい……！」

戸張が止める間もなく、二人は真っ暗な森の中へと消えていった。彼女らに気を取られているうちに、木下も猟銃を手にしたまま別方向へと逃げる。

「クソッ！」

猪森は木下を追って、彼女とともに森の中へと入っていった。御子柴は一瞬の迷いを見せた後、梶山が消えた方に足を向ける。

「武器も何も持たない女性が、あの状態で森を走るのはヤバい。オレも梶山サンを保護しに行く」

御子柴は、林田の遺体を支えたままの戸張と久木に顔だけを向けた。

「どっちでもいいから、スマホで動画を撮った方がいい。オレは、人為的な事件の可能性を捨てきれてない。証拠は多い方が良いだろうから！」

つまりは、殺人者が島に潜んでいるかもしれないと御子柴は疑っているのだ。

「……私は、人の仕業だとは思えない。目に見えるもの、動画に写るものが全てではないんだ、御子柴君」

腕に違和感を覚える。殺人者の尻尾(しっぽ)を掴もうとする若き名探偵の発言を受けて、蕁麻疹が出始めたからだ。

だが、今はそんなことを気にしている場合ではない。戸張はかゆみをこらえ、言葉を続ける。

「何か、我々には理解の及ばないものが蠢(うごめ)いている気がする。君も気を付けてくれ。先入観にとらわれ、真実から遠ざからないように」

「理解が及ばないもの、どうにかして感じられたら信じられるんですけどね」

御子柴は苦笑する。

だが、二人の間にそれ以上の言葉はいらない。これ以上、誰かに傷ついて欲しくないという気持ちは同じだ。

「林田さんのご遺体は、我々が小屋の中に安置しますから」

久木は、林田の半開きの目をそっと閉ざしてやる。

「まあ、本当は動かさない方が良かったんですけどね。そんなこと、言ってられなかったけど」

御子柴はそう言って、走り出した。

「それじゃ、すぐに戻ってくるんで！」

御子柴は振り返ることなく、梶山を追って森の中へと消える。

彼の背中が闇の中に溶け込むのは、一瞬だった。あとは、足音すら聞こえない。

御子柴が本当にいなくなってしまった気がして、戸張は震えた。

「……戸張さん、我々は皆さんが戻って来ても良いように、小屋の中で待機していましょう」

「そうですね……」

戸張は久木とともに、林田の遺体を小屋の中に運び込む。

その時、生ぬるい風がずっとうなじを撫でていたのを、戸張は気付かない振りをしていたのであった。

3. 根ノ島の中で

満月が脆弱な小屋を見下ろしている。

月は煌々と輝いているのに、森の中は真っ黒だった。時折、生ぬるい風が森の方から吹き付けて、戸張を不快な気持ちにさせる。

「森ガ見テイル」という落書きが脳にべったりと張り付いていた。

小屋の窓を開けた戸張はつい閉めそうになるものの、何とか思い留まる。

森の中で何が起こるか分からない。緊急事態に備えて、注意深く見張っておく必要があった。

「どうして林田さんが……」

林田の遺体を寝袋の上に寝かせて、顔にハンカチをかけてやっていた久木は、絞り出すようにそう言った。

なぜ、彼が犠牲にならなくてはいけなかったのか。それは、戸張も同じ気持ちだ。

短時間とは言え、彼とは時間を共にした仲だ。その命が喪われたことは悲しい。

しかし、そんな哀悼の気持ちは、あっという間に疑問に掻き消される。

林田の死因はなんだろうか。

病気か。殺害されたのか。それとも、呪いか。

「考えていてもしょうがない。まずは、皆が無事に戻ってくることを祈ろう。我々が明朝まで無事でいることが最優先だ」

「そうですね……」

久木はのろのろと、戸張がいる窓のある和室までやってくる。

「……しかし、何に祈るんでしょうか」

「そりゃあ、神様か仏様でしょう。無神論者は、運命にでも祈るしかない」

「神様は――」

久木は森の方を見やる。真っ黒な森を見て、戸張はゾッとした。

この島の神様と言えば、オヤドリ様だ。

林田を、呪い殺したかもしれないという――。

「神様は、何を考えているんでしょうね」

久木は遠い目をして言った。

「そりゃあ、我々の想像のつかないことでしょうね。そもそも、神様の多くは現象が擬人化されたものだ」

「戸張さんは、あまり神様を信じていないんですか？」

「いや。現象の擬人化であるところもひっくるめて信じていますよ」

波が荒ぶる場所には竜神がいるとし、日常とは異なる空間である山にもまた、神がいるという。それらは、該当の場所の環境が厳しいという警告であったり、敬意を払って慎重に挑めという教訓だったりもする。

戸張の話を聞いた久木は、考え込むように唸(うな)る。

「ふむ……。それでは、この島のオヤドリ様もまた、現象の擬人化かもしれないということでしょうか」

「可能性はあります。根ノ島は孤島でもあるし、日常とは異なる環境ですから。雨風の影響を受けやすかったり、風土病があったりもするかもしれない。それらを鎮めるために社を建てたという流れも、不自然ではありません」

だが、と戸張は続けた。

「満月の夜に動くという条件は気になりますね。天候とはまた違うのかもしれない。夜行性の動植物が関係している……とか?」

戸張はそう言いながら、無意識のうちに腕をさすっていた。その仕草を久木が不思議そうに見ているのに気づき、慌てて手を離す。

「失礼。蕁麻疹(じんましん)が」

「まさか、風土病……!」

血相を変える久木に、戸張は慌てて首を振る。

「いやいや。神秘的な謎を解こうとすると、身体が拒絶反応を起こすんですよ。謎は謎のままにしておいた方が美しいのでね」

「それはそれは……。難儀な体質ですね」

久木は戸張の腕をまじまじと見つめる。既に蕁麻疹の兆候が出ていて、ところどころ赤くなっていた。

「しかし、亡くなっている方もいるし、メンバーは混乱している。そんな悠長なことを言っていられない気がします。少なくとも、我々が明朝まで無事に生き残れるだけの謎は解かなくてはいけない」

人為的なものならば、犯人を拘束しなくてはいけない。これ以上、誰かが犠牲にならないためにも。

「もし、本当に呪いだったら？」

久木の問いに、戸張は眉間を揉んだ。

「呪いというのは、風土病的な意味ですかね」

「いいえ。神が現象の擬人化ではなく、実在していて、その神が意図的にこの状況を生み出していたら——ということです」

有り得ない。

戸張は一瞬、否定しそうになってしまった。

神という概念が生まれるシステムを理解しているが、神という存在に遭遇したことはない。実際に神と出会ったという人間の目撃証言も信憑性が薄く、戸張は概念として存在している神以外には懐疑的であった。

しかし、否定したくないという気持ちも強い。そんな幻想的な存在が実在しているのならば、歓迎したいとすら思っていた。

もっとも、相手がこちらに危害を加えないことが前提だが。

「我々もすでに呪われているのだとしたら、何とかして、呪いを解くしかありません」

考え込んだ結果、戸張の意見はこのようなものだった。

「とはいえ、私は霊媒師などではない。塩をぶっかけてみるという原始的な案しか思い浮かびませんからね。仮に、神に意思があるとしたら、誠心誠意を込めて対話するしかないでしょう」

これも、対話ができるというのが前提条件だが。

「まあ、神の定義というのもなかなか難しい気もしますがね。一神教であれば、神と名乗れるのは唯一無二の存在ですし。インターネットのスラングでは、高度な技術を持つ者を神と称することもありますから」

御子柴の顔がふと過ぎる。

人気配信者である彼もまた、神と崇められるうちの一人なのだろうか。

「人は、自分よりも大きな存在を神として崇めたり、畏れたりする——ということですかね」

「ええ。そう捉(とら)えて頂いて間違いはないかと」

久木のまとめに、戸張は頷(うなず)く。

「それじゃあ、オヤドリ様は少なくとも、大きな存在という可能性がありますね」

「まあ、可能性は」

「……なんだと思います？」

久木の問いに、戸張は沈黙した。

異質なものを、『鬼』や『魔女』と称して忌避した話がある。人間は、異質なものに対して本能的に恐れを抱く生き物だ。

実際にこの島に異質なものが現れ、人々は畏れ、鎮めようとしたという流れもありえる。

「異界から——我々が普段接触できない場所から来た存在とか」

「なるほど。異界というとあの世とか、ですかね」

「ううん、どうでしょうね。何やら存在しているのに我々が知覚できていない次元というのもありますし」

戸張は首をひねりながら、ふと外を見やる。

満月が、無数の星を引きつれて夜空に浮かんでいた。

「宇宙や深海もまた、異界じみていると思いますね。多くの人々が知った気になっているが、まだまだ分からないことが多すぎる。我々の常識を容易に超える者が存在していてもおかしくない」

なにせ、有毒とされる硫化水素を栄養にする生き物が深海で発見されたくらいだ。宇宙規模となったら、それ以上に驚くべき存在が蠢いている可能性もある。

「その時代の人間の常識では考えられないものが、神などの超常的な存在として畏れられていた——と」

久木の言葉に、戸張は頷く。

「現象以外の説を唱えるなら、そうですね。と言っても、だいぶ現実的ではない気がしますが。それこそ、ラヴクラフトの怪奇小説の世界観ですよ」

壮大で宇宙的で、這い寄るような恐怖。常識を覆す事象の連続と、狂気への流転。

幻想小説家の戸張ですら経験したくないものの一つだ。

「もし、そうだとしたら」

久木はじっと戸張を見やる。戸張は、真っ直ぐ向けられた眼差しにどのような感情が含まれているのか読み取れなかった。

あまりにも無機質で、ガラス玉を見ているような錯覚に囚われる。

「未知の領域からの来訪者だとしたら、戸張さんはどうします？」

「どうって……」

まさか、食いつかれるとは思わなかった。普通であれば一笑に付されるというのに。

だが、今の状況は普通ではない。久木は気を紛らわせようとしているのかもしれないし、この常識ならざる空気に呑まれているかもしれなかった。

「分かりません。ですが、その存在が林田さんを呪い殺したのだとしたら、我々に対して友好的だとは思えません。逃げる、の一手でしょうね」

「この島から、逃げられないのに？」

「……島の中を逃げ回って、朝を待ちます。危険だと言われているのは、満月の夜だけのようですし」

未知の領域からの来訪。

新たな可能性に、戸張は頭を悩ませる。

恐ろしいことに、全く有り得ないとは言い切れないからだ。

(あの神社の御神体は……なんだ？)

昼間見た寂れた神社には、拝殿があった。そこに何らかの御神体を祀っているのだろう。

それが、オヤドリ様の正体だ。

隕石を御神体にするという神社もある。

悠久の時を経て地球にやって来た地球外の存在を御神体にしているのならば、或いは——。

「やめよう。今はとにかく、この瞬間を無事に過ごすことを考えなくては」

ここであれこれ考えていても仕方がない。戸張は窓から離れ、林田の遺体に向かった。

戸張の代わりに、久木が窓の外を見張る。窓の外の森に変化はなかった。

「林田さんは、何を知っていたんだろうな……」

彼はオヤドリ様に怯えていた。地元民だし、戸張達が知らない何かを、知っていたに違いない。

今となっては、彼に聞く術はない。せめて、遺体が綺麗なまま本島に戻せるようにと、見張っていることしかできなかった。

「ん？」

林田の身体のあちらこちらに、真っ白な小枝がくっついていた。

（こんな植物あったか？　いや、森の中で見たような……）

戸張は記憶の糸をたぐり寄せながら、林田にくっつく小枝を払ってやろうとする。だが、彼のジャケットに引っかかっているのか、上手く剝がせない。

「……失礼」

戸張は小枝をつけ根から取り除こうと試みる。しかし、つけ根を探っているうちに或ることに気付いた。

「なっ……」

小枝は、林田の服の中から伸びていた。どんなに引っ張っても、小枝が抜けることはない。

ということはつまり、この小枝は林田の身体から生えているということになる。

「どういうことだ……！」

林田の身体のあちらこちらに、白い枝が引っついている。それは先ほどよりも、増えているように見えた。

不意に、戸張は腕に違和感を覚える。何かに摑まれているような感触だ。

まさか、と身体中から嫌な汗が噴き出す。

見てはいけない、と自分に言い聞かせるものの、確認せずにはいられない。

「――っ！」

戸張の腕を、何者かの腕が摑んでいた。

それは紛れもなく、林田のものだった。

冷たく硬くなった、節くれだった古木のような手だ。

「うわあああっ！」

戸張が正に叫ぼうとした時、悲鳴が上がった。

「久木さん⁉」

窓の方からだ。

戸張がとっさに久木の方を見るが、彼の姿はない。窓が開けっ放しになっていて、その向こうに真っ暗な森が見えるだけだ。

「くそっ！」

戸張は全力で腕を振り払い、逃げるように小屋から飛び出した。

林田の方を振り返ることはしなかった。

振り返ったが最後、這い寄る林田の姿が、見えるような気がしたから。

「久木さん！」

戸張はスマートフォンのライトで道を照らしながら、森の中へと踏み込む。

広場をぐるりと見回したが、久木の姿はなかった。そうなると、森の中しかない。

一体、彼に何があったのか。

目を離すんじゃなかった、と戸張は後悔する。

そして、戸張の右腕には違和感が残っていた。林田に摑まれた場所は赤くなり、幻ではなかったのだと戸張に訴えかけていた。

「この島はおかしい」

戸張は月明かりから逃れるように、森の遊歩道を往く。スマートフォンのライトでは心許なく、舗装されていない道で何度も躓きかけた。

それでも、あの異様に大きな満月に照らされる小屋から、少しでも離れたかった。ツアーの案内を思い出しながら、戸張は奥へと進み久木を捜す。

青々と茂っていた葉は黒く塗りつぶされ、外界から断絶するように月光を遮っている。

だが、木々の幹はやけに白く、戸張がライトを向けると闇の中に浮かび上がり、その度に戸張をギョッとさせた。

確か、昼間も神社の前で見た気がする。あの木の名前は、何だったか。

白い幹の木は何種類か知っていたが、妙に滑らかで生々しい木肌がそれらではないことを物語っていた。

「久木さん！」

視線を受けて振り返るものの、そこに久木はおらず、白い枝の木が立っているばかりであった。

森のあらゆるところから視線を感じる。木々の白い枝が、人間の腕のように見えてくる。

戸張は、森に入ったことは過ちだと悟った。

この森は、あらゆる感覚を狂わせる。目の前の出来事が現実なのか、それとも幻想なのか、戸張にはもう、冷静に捉える自信がなくなっていた。

「あっ……！」

道の真ん中に、たたずむ人影があった。

久木かと思ったが、すぐに違うと気づいた。

ライトに照らされた人影は、ボロボロの作業着を纏(まと)っていた。後ろ姿だが、背格好からして男性だろう。

作業着のあちらこちらは黒ずんでいて、ツンとした異臭が漂ってくる。これは、石油ストーブの臭いだ。

殺人者が潜んでいるという可能性を思い出す。

だが、戸張のスマートフォンのライトは既に作業着の人物を照らしていたし、今更、隠れることはできない。

「あの……、どうされました？」

黙っていては不審がられる。そう思った戸張は、声をかけてみた。

だが、作業着の人物は沈黙していた。

訝しく思った戸張は、再度、声をかけてみる。

「すいません。道に迷ってしまったんですが」

戸張は無知を装う。そうすることで、相手の出方を窺えるはずだ。

ようやく戸張の声が聞こえたのか、作業着の人物はゆっくりと振り返った。その顔を見て、戸張は絶句する。

「……‼」

作業着の人物の顔面は、白い枝に覆われていた。

袖や襟、そして、作業着のあらゆるすき間から、ぼんやりと光る白い枝が伸び、作業着の人物を覆い尽くしている。

「あ、ちょ……ひえっ」

戸張の口から、悲鳴にすらならない声が漏れる。

作業着の人物は異様な有り様なのに、緩慢な動きで戸張の方を向き、一歩、また一歩と歩み寄ってきた。

一歩踏み出すごとに、パキッパキパキパキッと枝が折れる音がする。足元から生えた枝が踏みつけられることで折れ、舗装されていない道に散らばっていた。

「ま、間に合ってますッ！」

3. 根ノ島の中で

戸張がようやく言葉に出来たのは、その一言だった。

弾(はじ)かれたように地を蹴(け)って、転がるようにその場から逃れる。

遊歩道から外れた戸張は、藪(やぶ)に突進して茂みをかき分け、木々の根に足を取られそうになりながら駆け抜けた。

どれだけ走っただろうか。

服のあちらこちらを枝に引っ掛け、腕も足もすり傷だらけになった戸張は、ようやく森を抜けて開けた場所までやって来た。

頭上にある満月が、うすぼんやりと辺りを照らす。

戸張の目の前にあったのは、小屋であった。

だが、ガイド用の小屋に戻ってきたわけではない。それよりもずっと古く、屋根が朽ちかけた木造の小屋だった。

戸張は傾いた扉を何とか開き、小屋の中に身を潜ませる。

木造の壁はあらゆるところに穴が開いていて、あちらこちらから生ぬるい風が入り込み、息を切らせる戸張を舐(な)め回す。

「はぁ……はぁ……。なんだあれは……」

自らの問いに答える術を持たない。

作業着の人物の姿は、明らかに異常であった。その身体を覆っていた枝は、林田から生えていたものによく似ていた。

戸張は呼吸を整えようとするが、あまりにも理解が出来ないものを目にしたせいで、全く落ち着かなかった。

小屋の壁の穴から外の様子を窺うが、作業服の人物がやってくる気配はない。小屋を囲む森はただ、闇を包み込みながら沈黙しているだけであった。

「とにかく、誰かと合流しなくては……」

全力疾走をしたせいか、それとも理解が及ばないものを目にしたせいか、心臓が高鳴ったままだ。まずはそれを、元に戻さなくては。

「これは一体、何の小屋なんだ……？」

戸張はライトで照らしながら、小屋の中をぐるりと見回す。

錆(さ)びついた斧(おの)や壊れて久しいチェーンソーなどが乱雑に置かれており、伐採のための作業小屋だったのだろうかと思う。

朽ちかけた床から草が生え、手入れを全くしていないことが窺える。

「ここにあるのは、根ノ島に暮らしていた人の痕跡(こんせき)か……」

明日にでも使うことを想定していたかのように、あらゆるものが置きっ放しになっていた。

腐り落ちた梁(はり)に押しつぶされるようにして、作業着が埋もれている。その作業着こそ、先ほど遭遇した異形の人影が着ていたものと同じであった。

戸張は息を呑み、しゃがみ込んで作業着を調べる。

作業着は経年劣化でボロボロになっていて、異形の人影が着ていたものと似たような状況だった。

「あの人影は、根ノ島に人がいた当時のままの姿……ということか？」

馬鹿なことを言っているという自覚がある。

だが、この異常な状況で、どんな馬鹿げたことも真実である可能性があった。

戸張は作業着を床に捨て、他に手掛かりがないか探る。

ひどく埃っぽく、黴臭い。

ライトの光に照らされて白いものがチラつくが、虫や埃に光が反射しているのか、それとも別の何かなのか判断がつかなかった。

小屋の一角に、作業机があった。

机の上には分厚いファイルがあったのだが、中身は土埃で汚れていて部分的にしか読めなかった。

どうやら、島の情報が記されているらしい。『持ち出し禁止』と書かれているが、どこからか勝手に持ち出したのかもしれない。

小屋を利用していた者達は、その資料に添付されている地図が必要だったようで、そのページが乱雑に折られていたし、細かい書き込みの跡もあった。

「失礼……」

戸張は地図をファイルから取り外し、ポケットにねじ込む。そして、ファイルに記載された文字を追った。

どのページも、汚れやかすれがひどく、穴が開いている場所もあった。

戸張が辛うじて読み取れたのは、これだけだ。

「記録によると、この島には室町(むろまち)時代以前から人が住んでいたようだな。流人島だった説が有力……か。そして、半世紀前に資源開発を行っている企業が油田に目を付け、開発を行ったということか……」

しかし、島民から反対の声があったという。

油田開発は、島の豊かな自然を破壊する可能性がある。島の人々は自給自足で生活していたため、それは由々しき事態であった。

だが、企業側はインフラを充実させ、彼らの生活を豊かにすると約束していた。当時、島には電気も水道もなかったため、悪い条件ではなかった。

「ん？　この後のページがごっそり抜けているな」

資料の日付が飛んでいた。

油田開発の話が持ち掛けられたという話の次には、感染症によって住民が島を出るという旨が書かれた資料があった。

どうやら、本島に向けたものらしい。検疫後、住民を受け入れて欲しいという嘆願が記されていた。

「……油田開発から感染症流行まで、何があった？」

油井はあるので、開発は行われたのだろう。だが、島に電気も水も通っていない。約束が果たされなかったのだろうか。

しかし、作業員は島民を雇ったか、外の人間を島に移住させたかしたはずなので、インフラを整備することは開発側にもメリットがあるだろう。

そうなると、考えられるのは——。

「インフラを整備する前に、感染症が流行した……か？」

感染症。

その具体的な病名が出て来ないため、戸張はずっとスッキリしない気持ちであった。その一つの単語が、島の森のように真実を隠しているような気がしたのだ。

「ん？」

戸張は、先ほど床に放置した作業着の胸ポケットから、手帳のようなものがはみ出しているのに気づく。

拾ってみると、それは手記だった。

お世辞にも丁寧とは言えない字で書き殴ってある手記は、古くなって鉛筆の文字が薄れているのを差し引いても読み辛（づら）かった。

それでも、戸張はスマートフォンのライトを頼りに文字を追う。

「『死んだはずのあいつが還（かえ）ってきた』」

ようやく読めたその文字を音読してしまったことを、戸張は後悔した。全身が総毛立ち、冷や汗がぶわっと噴き出すのを感じる。

死者に関する記述だ。

戸張は手記にかじりつくように解読を試みる。

それでも、読める部分はわずかで、何とか分かったのは次の通りだった。

「満月の夜に死んだ人間が闊歩するようになった……。彼らは身体中から枝を生やし、生者をあの世へと誘う。これは島で古くから言い伝えられた『オヤドリ様』の祟りだ。我々は障りを受けてしまった……」

戸張は目を二、三度瞬かせる。

「根ノ島に現れる死者は、オヤドリ様の障りという扱いだったのか。だから、林田さんはあんなに畏れていた……と」

オヤドリ様の障りで歩き回る死者を、『神憑き』と人々は呼んでいた。

「木に寄生されたかのような姿になった死者を『神憑き』というのなら、この場合の神とは、あの白い木のことか？」

手記にそれ以上のことは書かれていない。

だが、戸張は既に察していた。

「『御宿り』――か」

それが、オヤドリ様を示す言葉か。そして、神に宿られた者を神憑きという。

そう考えれば、全てが繋がっているように思えた。

「もしかしたら、感染症も……」

感染症という言葉に隠蔽（いんぺい）されたものが、少しずつ見えてきた気がする。

戸張は手記を作業着のポケットの中へと戻した。直筆の手記はあまりにも生々しく、持ち運ぶのも憚（はばか）られたからだ。

更に手掛かりはないかと小屋の中をひっくり返すものの、他にめぼしいものはなかった。

戸張は外に神憑きがいないことを確認すると、壊れた扉をそっと開く。

久木を捜しに来たが、それどころではない。めちゃくちゃに走ってしまったため、自分がどこにいるかもよく分からない。

戸張は小屋で手に入れた地図を広げる。

現在時刻、そして、満月の位置を確認して、おおよその方角を特定した。あとは地図に記された伐採小屋から、桟橋に向かうルートを確認する。

「まずは合流して情報を共有しなくては。そのためには、彼らを捜しつつ最初の小屋に戻った方が良い」

林田の遺体と対面しなくてはいけないと思うと、気が重い。しかし、他に手立てはなかった。

御子柴と連絡を取ろうとスマートフォンの電波状況を確認するものの、やはり圏外だしＷｉ－Ｆｉも通っていなかった。

スマートフォンはもう、懐中電灯と時計代わりでしかない。

「電話機能が使えなくても、これだけ役に立つのなら優秀なものだ」

戸張はバッテリー残量を気にしながら、ツアーガイド用の小屋へと戻ろうとする。

森に入るのは気が進まなかったが、森を横断するほかない。何せ、島の大半は森に包まれているのだから。

やはり、森のいたるところから見られている気がしたが、戸張は敢えて気づかないふりをした。

「ん？」

藪に行く手を阻まれながら進むと、わずかに光るものが見えた。どうやら、ライトの光を反射しているらしい。

戸張はその場所を照らしながら、用心深く歩み寄った。

「久木さん！」

まず、しゃがみ込んでいる久木の姿を捉えた。そしてその隣には、へたり込んでしまっている梶山がいた。

光っていたのは、梶山の腕にはめた天然石ブレスレットだった。

「戸張さん……！」

久木が顔を上げる。

「何かに引っ張られて、気付いたらこんなところに……」

久木はうろたえるように辺りを見回す。

「すいません……。私が取り乱したばっかりに……」

梶山はしゃくりあげながら謝罪する。

目はすっかり腫れているので、泣いていたのだろう。しかし、涙はすっかり拭われているので、久木が元気づけていたことが窺える。

「自分が小屋に戻ろうとしていたら、梶山さんを見つけたんです。どうやら、帰り道が分からなくなってしまっていたようで……」

「久木さんや戸張さんに会えて良かった……。この森、変なんです。人の気配がすると思っても、そっちには誰もいなくて」

梶山は彼女なりに合流しようとしたのだが、気配を追っているうちに森の奥に辿り着いたという。

「それについては、話したいことがあります。小屋に戻る道すがら聞いて欲しい」

戸張が促すと、梶山はよろよろと立ち上がった。久木が梶山を支え、おぼつかないながらも戸張の後を追う。

「足を引っ張ってばっかりで……本当にすいません。なんかもう、頭が空っぽになってしまって……」

「酸欠を起こしているだけですよ。しばらくしたら治ります」

久木は梶山に優しく声をかける。

彼も奇妙な目に遭ったというのに、大したものだと戸張は思う。

「久木さんを引っ張ったのは、神憑きかもしれない」

「何ですか……それは」

久木と梶山は息を呑む。戸張は、伐採小屋で見つけた情報を二人に伝えた。

「それじゃあ、戸張さんが遭遇した神憑きというのは半世紀前に亡くなった人で、死者に会えるという話は本当だった――ということですか?」

戸張から話を聞いた久木は目を丸くする。梶山もまた、同様であった。

「そんな……。会えるっていう亡くなった人は、元島民だけですか……?」

「恐らく」

梶山の全身から、再び力が抜けてしまう。久木が、慌てて彼女を支えた。

「ご、ごめんなさい。……私、会いたい人がいたので……」

「そのために、根ノ島に?」

「ええ」と答えたのは久木だった。

「丁度、彼女からその話を聞いていたんです」

「楠居さんはここはパワースポットだって連れてきてくれましたし、私もパワーが欲しかったんですけど、それ以上に、亡くなった母親に会えないかと思って」

梶山はそう言って、ぽつりぽつりと話し出す。

彼女の母親は早世して、厳しい父親に育てられたという。

父親の言うことは絶対で、口答えを一切許さなかった。梶山は、ずっと父親の顔色を窺いながら、息を殺して生活していた。

「大人になって実家を出て、一人暮らしを始めました。会社にも就職し、ようやく一人前になって、自分なりに生きられると思ったんですが……」

会社には上司がいて、先輩がいる。梶山の直属の上司は、いわゆる、お局様と呼ばれるタイプであった。

実家で命令を聞くことを強要されていた梶山は、お局様の餌食にされた。何を言っても口答えをせず、萎縮して身動きが取れなくなる梶山は、お局様のサンドバッグとして最適だったのだ。

しかも、周囲はお局様の標的になりたくないので、梶山に手を差し伸べない。

梶山は会社の中でも孤独だった。

「そんな時、マッチングアプリで楠居さんに会ったんです。彼は明るくて主体性があって、私とは正反対でした。彼が、ふさぎ込んでいる私にパワースポット巡りを薦めてくれたんです」

「パワーがあれば、お局様にも負けないということですかね」

久木の問いに、「そうかもしれません」と梶山は頷いた。

「……木下さんを怖がっていたのは、もしかして」

皆まで言わない戸張に、梶山は申し訳なさそうにうつむく。

「物言いや声色が、上司に似ていたんです。木下さんと上司は、全く別の人だと分かっているのに……」

梶山は、強気な女性全般が苦手になっているらしい。

そればっかりは、どうにもならない。不幸な巡り合わせだと戸張は眉間を揉む。

「でも、このブレスレットのお陰で、戸張さんにも合流出来ました。パワーストーンのご利益、本当にあったんですね……」

梶山は天然石のブレスレットを撫でる。

「それも、楠居さんが？」

「ええ。彼の知り合いにハンドメイドでパワーストーンのブレスレットを作っている方がいたので、オーダーメイドで購入したんです」

「ふむ？」

購入、のくだりが気になってしまう。戸張はてっきり、プレゼントかと思ったのだ。

「でも、母のことは残念でした。それどころか、こんな妙なことになって……皆さんに迷惑まで……」

「いや、それはお互い様です。ひとまず、他の人と合流して、どうするか決めましょう」

戸張なりに、梶山を精いっぱい励ます。

それでも、彼女は暗い顔をしていた。自分を責めているのか、それとも、母親に会えなかったことで落胆しているのだろうか。

「まだ、諦めることはないと思います」

久木が梶山に、唐突に言った。

「どういう……事ですか？」

「会える死者というのは、戸張さんの言うように神憑きになった元島民だけとは限らない。だって、まだまだ分からないことがたくさんあるじゃないですか」

「では、母に会える可能性が？」

梶山は前のめりになる。久木は、彼女を落ち着かせるように微笑んだ。

「可能性が失われたわけじゃない。僕はそう信じたい。二度と会えないと思っていた人達と会うきっかけが、この島には眠っていると思います」

「……そうですね」

梶山の生気のない表情に、ようやく光が灯った。

果たして、本当だろうか。

久木のあまりにも前向きすぎる言葉に、戸張は危うさを感じる。だが、彼の言葉に梶山が癒されたのは事実だ。

戸張にも分からないことだらけだ。可能性を否定するのは良くない。それが、人に希望を与えるものなら尚更だ。

「おっ、森を抜けましたね」

視界が開け、その先にガイド用の小屋があるのが窺える。

真っ暗な森からは、月明かりに照らされて、照明がついている小屋はやけに明るく見えた。

あそこには林田の遺体があるはずだ。

戸張は気が進まなかったが、立ち止まっていても仕方がない。久木も梶山もいるので、万が一の時は彼らの力を借りられるはずだ。

戸張は小屋に駆け寄ると、開けっ放しの扉から中を覗き込む。

「あ……れ？」

中には、誰もいなかった。

御子柴達は戻っておらず、林田の遺体すらも見当たらなかった。


一方、梶山を追って森に入った御子柴は、すぐに猪森の大きな背中に追いついた。

「猪森サン！」

「なんだ。ツアー客のガキか」

猪森は振り返らないまま、そう応えた。だが、御子柴は特に怒ることはない。

「一応成人してる。自己責任が取れるから、おもりは不要っす」

「そうかい。本当のガキだったら、まずはそのカメラを止めさせるけどな」

猪森は、御子柴が手にしているハンディカムをチラリと見やる。

「撮影しながら森の中を往くのは危ないぜ」

「忠告ありがと。でも、証拠を残さない方が危ないから」

「証拠だァ？」

「異常なことが起こってる。これからもきっと、部外者に話しても分かってもらえないことが起こると思う。そんな時に、記録が重要になるんですよ」

「なるほどねェ」

猪森は片目を細めただけで、それ以上の言及をしなかった。

「猪森サンは、どうしてオヤドリ様を殺そうと？　つーか、オヤドリ様がなんだかわかってるんですか？」

「満月の夜にだけ出現する超常的な存在。その血を飲むと、どんな病気でも治り、不老不死になるっていう話だ」

「へぇ？」

御子柴は目を丸くする。

「根ノ島で死者に会えるっていう話と、繋がってんのかな……」

「死者はオヤドリ様とやらの血を分け与えられて、永遠の命を持っているから会える――とかな」

「一回死んで復活するってこと？」

「知らん。とにかく、俺には神の血が必要なんだ」

そう言った猪森の双眸（そうぼう）は、殺気に満ちていた。刺し違えてでもオヤドリ様を仕留めようという、狩人の顔だ。

猪森の装備をよく見てみると、大きなサバイバルナイフを何本か持っていた。猟銃がなかったとしても、立ち向かう気満々なのだろう。

だが、神とされるオヤドリ様など、本当にいるのだろうか。

(神サマってやつがいるなら、世の中はもっと理不尽じゃないはずだよな)

世間では、弱き善人が虐げられることが少なくない。宗教的に信仰されている超常的な存在がいるのなら、彼らに手が差し伸べられているはずだ。

戸張が言っていた、現象の擬人化という話の方がよく分かる。オヤドリ様も恐らくその類で、根ノ島特有の環境が生み出した現象なのだろうと御子柴は考えていた。

少しでも、真実の欠片を集めなくては。そうすれば、この異常事態を解決する術も見つかるかもしれないから。

その時だった。

ダーンと乾いた声が森の中に響く。

「銃声か!」

御子柴が叫ぶ中、猪森は無言で走り出す。姿勢を低くし、藪に紛れて森の奥へと急いだ。

御子柴もまた、這いつくばるようにして猪森の後ろに付く。御子柴のブリーチした髪は、森の中でよく目立つからだ。

「来ないで!」

木下の声が闇を引き裂く。

猪森が向かった先には、少しばかり開けた場所があった。その中で、木下は木々に囲まれていた。

「いや……木じゃない」

御子柴は、動悸が激しくなるのを感じる。

猟銃を持った木下を囲んでいるのは、木ではなかった。

「あいつら……人だぜ」

猪森もまた、声を殺しながら木下の周りを見つめていた。

そう、彼らは人だった。

半世紀ほど時代のずれを感じさせる簡素な服をまとい、全身のあらゆる場所から真っ白い枝を生やしている。顔の大半は枝に覆われて、枝先には青々とした葉が生い茂り、月光を浴びて心地よさそうにしていた。

神憑きである。

そんな彼らが、枝がまとわりつく腕を機械的に伸ばし、じりじりと木下に歩み寄っているのだ。

「畜生！　来るなって言ってんだよ！」

木下は目の前にいる神憑きに目掛けて発砲する。

耳をつんざくような音とともに、正面の神憑きの頭が吹っ飛んだ。頭部の大半を失った神憑きは、伐採された木のように身体を軋ませながら倒れる。

だが、神憑きはそれだけではなかった。
三、四体の神憑きが彼女に歩み寄る中、木下は次の一発をお見舞いしようとする。
「あ、あれ……？」

しかし、どんなに引き金を引いても、手ごたえはない。

弾切れだ。

「クソッ！」

木下は猟銃を振り回して神憑きを追い払おうとする。神憑きはそんなことを意に介さず、木下と少しずつ距離を詰めて――。

「テメェら！　こいつを見やがれ！」

猪森の声とともに辺りが明るくなる。

彼が手にしていたのは、火だ。足元に落ちていた木を燃やし、松明のように手にしていた。

猪森の声に反応したのか、それとも火の気配に気づいたのか、神憑き達は振り返る。

猪森が松明を一振りすると、神憑き達は一歩下がった。

「オラァ！」

猪森が火を投げ放とうと振り被った瞬間、神憑き達はガサガサと葉音を立てながら森の中へと消えた。

白い枝はあっという間に見えなくなり、辺りはしんと静まり返る。

「な……なんだったの……」

木下はすっかり呆然(ぼうぜん)としていた。

そんな木下に、御子柴が迫る。

「ごめん！」

「きゃっ！」

御子柴に体当たりされた木下は、勢いよく尻餅(しりもち)をついた。猟銃が手からこぼれ、御子柴がそれを拾う。

「猪森サン！」

御子柴は、火の処理をした猪森に猟銃を手渡す。

「ありがとよ、若造」

「ガキから昇格できたのは有り難いですね」

座り込んだまま呆然としている木下には目もくれず、御子柴は頭を吹っ飛ばされた神憑きに歩み寄る。

先ほどまで動いていたとは思えないほど、手足をぴんと伸ばして硬直している。

手足から体温は感じず、当然、脈もない。衣服は経年劣化でボロボロだった。

「……ん？」

頭が吹っ飛ばされたというのに、神憑きから出血はない。代わりに、黒い臭気をまとった水たまりができている。

いや、それ以上に気になることがあった。

銃撃で粉々になった枝の断面から、細かい枝がムクムクと生えているのだ。それは、頭部に出来た穴を埋めようとしているように見えた。

「……二人とも、ここから離れた方がいい」

御子柴はハンディカムを神憑きに向けたまま、じわじわと後退する。

ただならぬ様子を察したのか、木下もまたよろよろと立ち上がり、猪森は猟銃を背負いながら頷いた。


三人は足早にその場を去る。

まずは、ガイド用の小屋に戻った方が良いだろう。楠居や梶山の行方も気になったが、下手に動き回っては危ない。

「何だったの……あれは……」

すっかり意気消沈した木下が、藪をかき分けながら呟いた。

「知らね。っていうか、木下サンは言うべきことがあるんじゃないですか?」

「…………ごめんなさい」

木下は顔を強張らせてうつむいたまま、消え入りそうな声で謝罪した。

「私はいつもそう……。舐められたくない、危害を加えられたくない。そんな気持ちが、いつも抑えられなくて……」

「……何か、あったんです？」

御子柴の問いに、木下はしばらくの間、下を向いていた。

沈黙の時が過ぎ、三人の足音だけが辺りに響く。

時折、遠くで白い枝の木が不自然に揺らいでいるような気がしたが、御子柴は無視することにした。

「よくある話よ……。御子柴君みたいな若い子には分からないかもしれないけど、前時代の古い価値観を持った男達は、女を使用人か何かとしか思っていないし、結婚をなかなかしなければ行き遅れだと嘲笑い、嫁は貰ってやるものだと思っている。私の周りには、そんな男が多かった。それだけ」

妻は自分の世話をする存在だと思い、結婚をしない女には、女としての価値が低いというレッテルを貼り、男女の結婚を平等とは思わず、男に姓を合わせるべきだと思って、果てには嫁取りとか言う男がいる。

木下はそんな価値観に、辟易していたという。

「あー、話だけ聞いたことがあるかな。それはオレも理解できないっていうか」

男女は肉体的に得手不得手があるだろうが、立場の優劣はないと御子柴は思っていた。

それを聞いた木下は、ほんの少し苦笑を漏らす。

「まあ、古い価値観に縛られているのは男だけじゃないけどね。女だって、次の世代の女に古い価値観を強要することがある。母方の祖母が、そうだった」

「へぇ？」

「母に、いい嫁になるように教育したんですって。古い価値観の男にとって、都合の『いい嫁』になるようにね」

そしてその祖母は、木下にもそう教育するよう母に命じたという。冗談じゃないと思った木下は、実家を出て一人暮らしを始めた。

だが、木下が就職して独り立ちしているにもかかわらず、祖母や母親、果てには親戚から「結婚はまだか」と催促されているそうだ。

「きっつ」

木下の話を聞いた御子柴は、率直な感想を述べた。

「祖母は、つい最近他界したの。島にいるうちに、死者に会えるっていう話に信憑性があるように思えて……」

「お祖母さんが出てきたら嫌だなって怯えてたんですか」

「……撃ち殺してやりたかっただけ」

木下は、葉擦れの音に紛れるような声で、そう言った。

「だが、出て来たのは他人――って感じか？　あの異形の連中、あんたの祖母じゃなかっただろ？　一体何なんだ？」

黙って話に耳を傾けていた猪森は、猟銃に弾を込めながら問う。

「知らない。っていうか、私が聞きたいくらい。あいつら……身体中から枝が生えてて、木みたいになってた。生きてるのか死んでるのかよく分からないし、なんだか、ゾンビみたいだったし……」

ゾンビ――つまりは、生ける屍（しかばね）。

御子柴はその表現が、言い得て妙だと思った。

脈がないので、人間として生きているわけではないのだろう。だが、そんな状態にもかかわらず、火に怯えて逃げるなど、自立した動きであった。

「あいつら、再生能力があるのかも。木下サンが吹っ飛ばした頭、治りそうだったし」

「なにそれ。ゾンビよりも性質が悪くない？　だって、ゾンビは頭をふっ飛ばしたら死ぬでしょ？　まあ、ゲームの中の話だけど……」

「ゲームのゾンビは脳に急所があるからじゃないっすか？　でも、さっきの奴らは違う」

「木に、寄生されてるみたいだったたな」

猪森が御子柴に付け足す。

その声色は、どことなく楽しそうだった。未知に心を躍らせているのか、それとも、獲物として面白いと思っているのか。

（冗談じゃない）

御子柴は苛立（いらだ）っていた。

何もかも分からない。

謎が生み出す森の中をかき分ければ真実が見つかるものと思っていたが、進んでも進んでも、出てくるのは謎ばかりだ。

謎が多ければ、守れるものも少なくなる。然るべき時に、動けなくなる。

もう、自分では理解できない領域だ。

(戸張センセーなら、どう考える?)

戸張は、目に見えないものとの付き合い方を知っているように思えた。戸張の見解があれば、この異常事態の真実も見つかるだろうか。

「おい」

猪森がぴたりと足を止め、御子柴と木下を顎で促す。

その先には、不自然に枝が折れた藪があった。緩やかな上り坂のやわらかい土には、真新しい足跡がついている。

「誰かいるぞ」

猪森に合わせて、御子柴と木下も姿勢を低くする。注意深く藪の先を見てみると、人影があった。

先ほどの異形だろうか。

闇に慣れた目を凝らす御子柴であったが、月明かりに照らされたのは神憑きではなかった。

「あれ、楠居サンじゃん」

「本当だ。あのスピリチュアル男」

木下は顔をしかめる。

その先にいたのは、紛れもなく楠居だった。

彼はきょろきょろと辺りを見回している。

「梶山サンを捜しに来た――にしては変だな。彼女が逃げた方向とは逆だ」

御子柴は、木々のすき間から見える満月で位置関係を把握する。

訝しげにしながらも、藪から立ち上がって楠居に歩み寄った。

「楠居サン？」

御子柴に呼ばれ、楠居はビクッと身体を震わせる。

「な、なんだ、君達か」

木下の存在に気付いた楠居は、一瞬怯えたようにたじろぐものの、猟銃が猪森の手に戻っていることを確認すると、胸を撫で下ろして振り向いた。

「こんなところで、何を？」

「梶山さんを捜しているに決まってるだろ？」

「彼女、森の中に逃げたのに、崖の下にいると思ってるんです？」

楠居がいたのは、森が途切れた崖の上であった。見晴らしがよく、月明かりに照らされて黒々とした海が波打っているのが分かる。

「スマホの電波、繋がらないかと思って」

「こんな状況で、まだホテルに連絡を取ろうと？」

「だってほら、ホテルの人達が心配してるかもしれないじゃないか。そういうの、どうも苦手で……」

楠居の目は、完全に泳いでいた。

「楠居サン、島から脱出する手段を探してたんじゃないですか？　どこかに船がないか、海岸線を見下ろしていたんでしょ」

楠居の顔が、露骨に強張る。図星であるのは明らかであった。

「あなた、彼女が森の中に入ったのを捜すと見せかけて、自分だけ逃げようって思ったわけ⁉」

木下が非難する。

すると、楠居は叫び出した。

「銃を持って暴れようとしていた奴にとやかく言われたくない！」

「ぐっ……」

「人が死んでるんだぞ！　しかも、神様を殺そうっていう奴までいて！　き、今日は島に入っちゃいけない日なんだろ？　逃げ出したいに決まってるじゃないか！」

「まあ、その気持ちは分かる」

楠居の言い分を聞いていた御子柴は、ひとまず同意した。

「でも、彼女を置いて逃げようと思うかな。マッチングアプリで出会って、今日初めて対面したって言っても、それまで連絡を取り合ってたわけじゃないですか。梶山サンを連れて逃げようって、思わなかったわけ？」

「それは……」

楠居は下を向き、黙り込む。

「パワースポットに誘ったのも、思い出を作ろうとしたんでしょ？　こんな遠くまで飛行機でわざわざ来てさ」

木下は目も当てられないと言わんばかりに、自らの顔を覆う。

「お互いの顔は分かってたんです？」

歩み寄る御子柴に、楠居は頷く。

「あー、成程。梶山サン、清楚(せいそ)系の美人だから気になったのかな」

「いや、お互いの収入とか趣味の折り合いがよくて……。彼女の話を聞いたら、会社で色々とあって弱ってたみたいだしさ。パワースポットでパワーをもらえたらいいなと思って」

「なるほどなるほど」

御子柴はうんうんと頷く。

「その、彼女を元気づけたかったんだ。星も綺麗なところだし、非日常を味わえる離島だし、いいムードになると思ってさ」

「そして、ワンチャンあると思った」

「………それは、そう」

笑顔のまま問いかける御子柴に、楠居は小声で頷く。

「あー、あるある」

「はは……、あるある」

「わけねーだろ」

楠居が御子柴に合わせて笑った瞬間、御子柴の平手打ちが飛んだ。

小気味のいい音が響き、楠居が地面に転がる。彼は殴られた頰を押さえ、目を白黒させていた。

「梶山サンとたいしてコミュニケーションを取らないのに、妙にホテルのことを気にするのはなんでかと思ったんだけど、あんた、最初から身体目的なんじゃない？」

御子柴の顔から先ほどまでの笑みは完全に失せ、冷ややかな目で楠居を見下ろしていた。

「そ、そんなわけ……！」

「彼女を大切にしてないから、彼女を追いかけるふりをして一人で脱出しようとしてたんだろ？」

御子柴の言葉に、楠居は反論できなかった。

彼は助けを求めるように視線をさまよわせるが、木下はゴミを見るような目を向け、猪森は興味なさそうに目を背けて、辺りの様子を見回しているだけだった。

「クソッ！　あんな主体性のない女、身体くらいしか価値はねーだろ！」

楠居はどす黒い感情を剝き出しにして、御子柴に反論する。

「こいつ……！」

「お前みたいなイケメンには理解できないかもしれねーが、女は男の年収しか見てねーんだよ！　食事に誘えば、金を出すのはいつも男！　俺達なんてATMとしか思ってねーだろ！」

「だから、あんたは梶山サンの身体だけを求めてたってこと？　今までの女が、あんたの価値を懐事情でしか判断していなかったみたいに」

「そうだよ、悪いか！」

「でも、梶山サンはあんたのことをATM扱いした？」

楠居は言葉を詰まらせる。御子柴は、畳みかけるように言った。

「あんたをATM扱いした女達を憎む気持ちは分からないでもない。それだったら、そういう女達に仕返しすればいいじゃないか！　どうして、そうしないいんだ！」

「うう……」

「あんたは、自分より弱くて抵抗しない人間を標的にしたに過ぎない。同情できない卑怯者だよ」

「うぐ……ぐうぅ……」

楠居はしばらくの間、御子柴を睨みつけて唸っていた。

だがやがて、全てを諦めたように脱力する。

「パワースポット巡りをしてた時……」

「ん？」

「神様や仏様に、欲望にまみれた願い事をしていた連中をたくさん見た」

　恋人が欲しいとか、お金持ちになりたいとか。本人は努力をしないくせに、大きな存在に願うだけの者を多く目にした。

「そういう一方的に求める連中が、俺をＡＴＭ扱いした連中と重なったのかもしれないな」

「それは、神様気取りってこと？」

「違う。祀る人がいなくなった神社仏閣を見ると、なんか放っておけない気持ちになるんだよ」

　だから無人島の根ノ島を選んだのかもしれない、と楠居は言った。

　彼は、梶山に天然石ブレスレットを作っているクリエーターを紹介したことがあるという。だがその時、プレゼントをする気が起きなかったのは、パワーストーンが一方的に効能とやらを求められるのを見るのが嫌だったからなのかもしれない、と彼は付け足した。

　うつむく楠居と、気まずそうにそっぽを向く木下。御子柴が楠居に声をかけようとしたその時、猪森が叫んだ。

「おい！」

　一同は猪森に促され、彼が警戒する方向を見やる。

　そこには、見たことがある人影があった。

「林田……さん？」

それは紛れもなく、小屋に安置したはずの林田だった。背格好はそのままで、つい先ほどまで一同を案内していた彼に違いなかった。

だが、林田は死んでいたはずだ。

御子柴はハンディカムを構える。自分の目とカメラのレンズで、用心深く林田を見つめた。

林田の足取りは、おぼつかなかった。両手を突き出し、辛うじてバランスを保っているようだ。

「な、なんで、動いているの？」

木下が顔を引きつらせる。

「仮死状態だった……とか」

楠居が半歩下がる。

林田の眼球は、びくびくと痙攣（けいれん）していた。瞳（ひとみ）は闇夜のように黒く、瞳孔（どうこう）が開いていることが窺える。

「外に……」

半開きになった林田の口から、掠（かす）れた声が漏れる。

御子柴は気付いた。林田の瞼（まぶた）の裏から、白くて細い木の枝が伸びていることに。

「気をつけて！」

「外に出るナと言ったはずダ！」

林田は口の端から泡を吹きながら、御子柴達に襲いかかる。瞼の裏から顔を出していた枝葉はめりめりと伸び、林田の顔面を覆い尽くしていく。

「伏せろ！」

猪森の声が響き、御子柴は反射的に身をかがめた。

刹那、前方で銃声が響き渡る。

「あっ……」

顔を上げた御子柴が見たのは、頭を撃たれてバランスを崩す林田であった。林田は口をぽかんと開けたまま、崖の下へと落ちていった。

「あああ……」

楠居はすっかり腰を抜かしていた。木下もまた、目を剥いたまま言葉が出ないようだ。

「……林田サン」

御子柴は崖の下を見やるが、岩礁に波が打ち付けるのがかすかに見えるだけで、林田がどうなったか分からなかった。

「あいつも、さっきの奴らと同じだ」

猪森は断言する。御子柴も、その見解には異論はなかった。

「死んだ林田サンが……あいつらと同じになって現れた……。死者に会える島って、こういうことか……？」

死者が異形と化し、生者の前に現れる。

「……戻りましょう。小説家先生達、大丈夫かしら」

木下は我に返り、腰を抜かしたままの楠居を強引に立たせて歩き出す。

「そうですね。無事ならいいけど……」

まるで悪夢だ。

御子柴は、ハンディカムを持っていた手が汗でべとべとになっているのに気づいた。

夢ならば早く醒めてほしい。

現実的な御子柴は、非現実的な自分の願いに苦笑しながら、自らを奮い立たせて歩き出したのであった。

4. 発症

森の方から明かりがやってくる。

戸張は警戒するが、それは御子柴達だった。

「戸張センセー！」

「御子柴君、無事か！」

御子柴の背後に、猪森と木下、そして楠居もいることに戸張は安心する。だが、一同の顔色が優れないのに気づき、戸張もまた不穏なものを感じた。

一方、御子柴は梶山を見つけて胸を撫で下ろす。

「あっ、梶山サンを見つけたんですね？　つーか、どうして外に？」

「色々とあってな……。話せば長くなるが、伝えておかなくては」

戸張は御子柴達に話す。

消えた久木を追いかけて森に入ったら、神憑きに遭遇したこと。伐採小屋で発見した、亡くなったものが神憑きとなって帰ってくる話。梶山を発見して小屋に帰ってきたら、林田が消えていたということ。

林田が消えたという話に、御子柴達は沈黙した。

彼らは顔を見合わせ、沈痛な面持ちになる。ただ一人、しかめっ面をして森の方をねめつけている猪森を除いては。

「林田サンなら……会いました」

「会った？」

「戸張センセーの言う、神憑きになってたんですよ」

戸張と梶山、そして久木は顔を見合わせる。

「では、死者が神憑きになって闊歩するというのは……」

「マジなんじゃないかって」

御子柴は長い溜息を吐いて、木下が神憑きに囲まれていたところを猪森が松明で追い払った話や、撃たれた神憑きに再生の兆しがあったこと。そして、神憑きになった林田に遭遇して襲われかけ、猪森が銃撃した話をした。

ついでに、猪森の目的のことも共有したため、御子柴は猪森に睨まれていた。

「全ての話をまとめた上で予想するなら、林田さんは御子柴君の言うように神憑きになって、撃たれて崖から落ちても尚、再び復活するかもしれないということか……」

ツアーガイドをしてくれた彼がそんな目に遭っていることに、戸張は胸が痛む。だからと言って、どうにかしてやれるものではない。

「神憑きになった人達、林田さんも他の人も、こちらに向かって来てたのはどうしてかしら。ゾンビなんかは、新鮮な肉を食うためとかその他色々、理由があるけど」

木下は足早に森から距離を取り、用心深く森の中をライトで照らしながら問う。

「仲間にしようとしたとか？」

楠居は森の方から目をそらしながら言った。

「どんなシステムか知らないけど、死んだら神憑きになるってことは、私達を殺そうとしてるってこと？」

木下が目を剝く。

「そもそも、死とは何でしょうね」

久木がぽつりと言った。一同は、彼の方を見つめる。

「なぜ、人は死を怖がるのか考えたことがありますか？」

「そりゃあ、死んだらそこで終わりだからじゃないんですか？」

楠居の問いに、久木は難しい顔をした。

「そこで終わり——だと思われているからです。死んだ後のことを語る者はいませんし、いたとしても真実だと受け入れる人が少ない。つまりは、未知のものということです」

「たしかに、死んだ後にどうなるかなんてわかってないもんな……」

「未知のものを怖がるというのは、人間として当然のことです。これはもはや、本能に近いものですし」

久木はそう言いながら、御子柴の方を見やる。今まで饒舌だった御子柴は、すっかり黙り込んでいた。

「しかし、死とは我々が考えているものとは違うかもしれない。もしくは、生死を分ける決定的な壁というのは、存外、薄いのかもしれない」

「……どういうこと?」

楠居は混乱したように目を白黒させる。

「神憑きは、我々にそれを教えようとしているのかもしれません」

「そんなわけないでしょう! 林田さんは、外に出たことにブチ切れてたんですよ!?」

楠居は、反射的に久木に摑みかかろうとした。

だが、久木はそれをするりと避ける。

「神憑きになる前、彼にとってそれが最も印象に残ったことだからでしょう。推測の域を出ませんが。……他の神憑きは、あなた達を取り囲んだとしても襲ってこなかったでしょう?」

「確かに……」

戸張と木下は、同時に頷く。

「冷静に考えてみたら、ゆっくりとこっちに来ただけだわ。あれは、何かを訴えようとしてたってこと?」

「恐らく」

「でも、それならそうと言えばいいじゃない！　あんな異常な見た目で寄ってこられたらたまったもんじゃない！」

木下は、森に向かって吐き捨てる。

「久木さん。あなたはどうして、そう思うんです？」

戸張は久木に尋ねる。

すると、久木は静かに答えた。

「思い出したのです。私が小屋から森の中に移動した際、神憑きに連れ去られたことを」

連れ去られたという言葉に、一同がざわつく。しかし、久木は飽くまでも冷静であった。

「彼らは私に告げたのです。『神の恩恵を得れば、境界が取り去られる』と」

「神の恩恵とは……神憑きになるということか？」

「恐らく」

そして、その神とは『オヤドリ様』のことなのだろう。

「境界とは、生と死のことではないかと思うのです。神憑きは、死んでいるのに生きている。神の恩恵とやらを得られれば、死を超越して、永遠の命が手に入るのではないかと」

永遠の命という甘美な響きに、一同は息を呑んだ。

戸張は自然と、猪森に目を向ける。だが、猪森は黙って森の方を睨んでいるだけであった。

「だからって、あんな風にはなりたくないわよ」

木下はぴしゃりと言った。

「境界が無くなるってことは、死んだ人に会えるんじゃあ……」

梶山が遠慮がちにそう言った。

「その可能性は充分にあると思います。根ノ島の噂の真実は、神憑きになれば死者に会えるということなんじゃないかと」

久木の話を聞き、梶山は森の方を何度も見やる。その瞳には、畏れだけではなく、期待が入り混じっていた。

「しかし、永遠の命と引き換えに、満月の夜にしか動けなくなるのではないですか？」

戸張は鋭く指摘した。

「根ノ島の死者の噂は満月の夜限定だったはず。死者との対話は、現世の生活よりも大切なものでしょうかね」

戸張は、自分達を見下ろす満月を見上げる。いつの間にか、雲が空に薄くかかり始めていた。

「現世よりも素晴らしい世界が待っているかもしれません。未知であることは恐ろしいとは思いますが、その先に幸福が訪れることもあります。そもそも、この世の中は未練が残るほど美しいものでしょうか？」

久木はふと、寂しげに目を伏せた。

戸張は言葉に詰まる。

未練があるかと言われると、そこまで大きなものはない気がする。配偶者も恋人もいない、独り身だ。

せいぜい、自分の小説をもっと多くの人に見て欲しかったということくらいか。

今のままだと、死んだ後に著作の在庫が切れれば、品切重版未定となり、いつの間にか絶版になることだろう。そうならないように、生きて一花咲かせる必要がある。自分の作品が生きた証になるので、永く世の中に残って欲しい。

だが、売れたいという野望が未練となっているだけで、この世が素晴らしくて美しいからというわけではない。

戸張はただ、エゴを貫き通したいだけだった。

（俗物だ）

自分に辟易し、黙り込んでしまう。

戸張以外のメンバーも、黙ってうつむいていた。皆、自分の未練について考えているのだろう。

「どっちにしても予想の域を出ないいんじゃないっすか？」

御子柴が、ようやく口を開いた。

彼もまた思い悩んだのか、それとも予想外のことが連続しているせいか、顔色が悪く疲労の色が濃く出ていた。

「まあ、確かに。仮に予想が本当だとしても、満月の夜しか動けないのはちょっとね。この世は美しいとは思わないけど、まだ行きたいカフェがあるし、書きかけのブログもあるのよね」

木下は、肩を竦めて苦笑した。

「神憑きってやつらが私達を仲間にしようとしてるなら、勘弁してほしいわ。火が苦手なのは分かったし、私は明朝まで粘るわよ」

木下はそう言って、小屋の裏にあった薪を集め始める。

「何をする気です？」

「決まってるじゃないですか。キャンプファイヤーをするんですよ」

戸張の問いに、木下はにやりと笑った。

「お節介な神憑きがやって来たら、火をぶつけてやるんだから」

「その心意気やよしと言いたいところだが、火災には気をつけてください……」

森と薪を集める木下を見比べながら、戸張は忠告する。

「お、俺も。この世は正直言って嫌いだけど、わけのわからないものになるより、今の人生を良くしていった方がいい気がする」

楠居もまた、木下を手伝おうとする。

「私は……」

梶山はまだ戸惑っていた。彼女は、亡くなった人に未練がある。

だが、そんな彼女に、楠居はすれ違いざまにこう言った。

「すいません。梶山さんとちゃんと向き合えてなくて」

「えっ？」

「梶山さんに過去の亡霊を重ねていて、ひどいことをたくさんしてしまいました。その……無事に帰れたら、俺にチャンスを下さい」

「えっ、えっ？」

梶山は目を丸くするものの、楠居の真摯さに満更でもなさそうであった。

「私も、馬鹿なことをしたわね。あなたを怖がらせてしまったこと、本当に申し訳なく思ってる」

木下は持ってきた薪を組みながら、梶山に謝罪した。

「それは……その……緊急時でしたし……」

梶山はぽつりぽつりと小声で答えたかと思うと、二人を手伝って薪を集め始める。

それを見た久木は、小さく溜息を吐いた。

「やはり、理解するのは難しいようですね。それが普通の反応でしょう」

「久木さん。あなたは神憑きになりたいんですか？」

戸張は、久木に問う。すると、久木は遠い目をした。

「人の身では限界がありますからね。この浮世の生き物という枠を超えられるのならば、興味はあります。志半ばで倒れることは、悲しいことですからね」

「……後半については、大いに共感出来ますね。私も、売れない作家で終わりたくない」

「では、先生も神憑きに興味が？」

「神憑きになることよりも、現象自体に興味がある。『オヤドリ様』とは何なのか。分からないことだらけですから」

戸張は、伐採小屋から持ってきた地図を見やる。

伐採小屋から社へ行く途中に、集落跡があるはずだ。そこに、謎を突き止める手掛かりがあるかもしれない。

神憑きが火に弱いのはわかった。だが、キャンプファイヤーだけで安全が確保できるとは思えない。

なにせ、まだ船のロープを切った犯人も分からないし、林田が亡くなっていた理由も判明していない。

一行にまとわりつく不吉は、依然、渦巻いたままだった。

そんな中、猪森は戸張の地図を一瞥（いちべつ）する。

「俺の目的は、不老不死の神の血だ。そいつが使えるのか使えないのか、まだ確定しちゃいない。俺は、オヤドリ様とやらを調べに行くぜ」

猪森は猟銃のストリームライトをつけ、緑の光で森を照らしながらずかずかと入っていく。

「……オレも行く」

御子柴は言葉少なに、猪森の後をついて行った。

「おい、御子柴君！」

「二人とも、心配ですね……」

久木が足を向けようとするが、戸張の方が早かった。気づいた時には、御子柴を追っていた。

「すいません！　久木さんは皆さんと待っていてください！」

「戸張さん！」

引き留めようとする久木の声を振り切り、戸張は藪をかき分け、猪森の後をついて行く御子柴に追いつく。

「御子柴君、大丈夫か？」

森の中に入った瞬間、月の光が届かなくなったせいで暗くなり、ひんやりとした空気とじっとりとした湿気が身体にまとわりつく。

そして、周囲から無数の視線も感じた。

しかし、戸張はそれらを無視し、押し黙って歩く御子柴を気遣う。彼は数秒の間を空けて、こう呟いた。

「有り得ねぇ」

彼は頭を振ると、堰を切ったように続ける。

「なんでみんな、神憑きのことをすんなりと受け入れられるんだ。現実的に考えて有り得ないし、もっと悩まないのかよ」

「でも、君も神憑きを見たんだろう？」

「見たさ！」

御子柴はラフな敬語も忘れ、笑みを作ることすらもやめて叫んだ。

「見たけど、それが神の恩恵とやらを得て生き返った、もしくは死んでない死んだはずの人でしたっていう話をすんなりと受け入れられるかっての！　常識的にあり得ない話だし、何の証拠も摑めてない！」

「君は、神憑きをどう見る？」

戸張は宥めるように、静かに御子柴に問う。

「わかんねぇっす。ひとまず、感染症と神憑きはイコールで結んでもいいと思う。あんなのが闊歩するようになったら、島民は逃げるだろうし、満月の夜は怖がって近づかないでしょ」

「たしかに。神憑きの現象に説明がつかず、感染症と呼んだのかもしれないし、敢えて感染症と呼ぶことで神憑きの存在を隠蔽したのかもしれない」

「神憑きの存在を隠蔽して、どうするつもりだったんですかね。あんなわけの分からないもの、周知して有識者の知恵を借りないとどうにもならなくない？」

「君が賢くて勇気があるから、そう思うんだ」

戸張の断言に、御子柴は不思議そうな顔をする。

「久木さんも言ったように、大抵の人間は分からないものを畏れてしまう。結果的に、理解したふりをするか、無かったことにしてしまうかのどちらかになる」

木下らは、分からないことだらけだというのに状況を呑み込んでいた。そして林田は、オヤドリ様の話をさせないようにして無かったことにしようとしていた。

「皆、分からないものは怖いんだ。だから、君のように分からないものの謎を解く人間が必要になる」

「……センセーは？」

御子柴に問われ、戸張は気まずそうに腕をさすった。

「私は、謎は謎のままの方が良いけどな……。その方が、考察の余地がある。ああかもしれない、こうかもしれないと夢想するのが楽しいんだ」

「なんだ。それじゃあ、センセーが最強じゃん。わけのわかんない方がいいとか、わけわかんな過ぎっすよ」

「私はまあ、変人枠として除外してくれていい」

一般人には理解できない感覚だというのは、戸張も自覚していた。

「ただ、この状況になって、君の姿勢は高く評価したい。私は全て頭の中で完結させてしまうが、君は外に証拠を探しに行ってくれる」

「新しく、センセーの好奇心を満たせるものを見つけられるかもしれないし」

御子柴は軽く笑いながら、戸張の図星を衝いた。

「……それは、その」

「非現実的なことが実際に起きて、ワクワクしてるんじゃないですか？　オレはこんなに振り回されてんのに」

戸張は反論できなかった。

神と動く死人と境界の話。どれも、彼の幻想小説に何度も描かれたものだ。多くの人々がそれを荒唐無稽なものとして見向きもしなかったが、それがいざ目の前に現れたとなると、興奮を隠せなかった。

「戸張センセーには、オレに見えないものが見えてるはず。死を超越するっていうのも、どういう意味だか分かってるんじゃないですか？」

「……分からなくもない」

戸張は、慎重に答える。

すると、唐突に前を歩いていた猪森が立ち止まり、藪だらけの森が途絶えた。

「お喋りに夢中のところ悪いが、そいつのヒントがここに隠されてるんじゃないか？」

猪森は猟銃のライトで、ぐるりとあたりを照らす。

そこは、集落だった。

明かりが一つもない。どの建物も朽ちて、屋根や壁が崩壊し、中から植物が枝葉を伸ばしていた。

鳥居があった社への中継地点である。

月はいつの間にか、雲に隠れて見えなくなっていた。分厚い雲のせいで、集落も森のように暗い。

「猪森さん、あなたは？」

「オヤドリ様とやらの情報があるかもしれないから、俺もざっと調べる。手掛かりがないと判断したら、さっさと社に向かう」

「分かりました。調査は手分けしましょう」

「はいよ」

猪森は素直に頷き、一行を先導する。

武器を手にして、しかも物怖じしない猪森は頼もしかったが、彼がどうして不老不死の血を得ようとしているかは理解できなかった。

一同は手分けをして探索をしたが、家々はほとんど崩壊しており、入るのは難しい。やがて、集落の中心にある、ひときわ大きな建物まで辿り着いた。

「これは、役場か？」

木造二階建ての立派な建物は、公的な施設のように見えた。引き戸は鍵が閉まっていたが、猪森が裏手に捨てられていた工具を持ってきて、鍵を無理やり壊した。

戸張が役場に踏み込んだ瞬間、埃と黴の臭いが彼らを襲った。

「うう……」

戸張はハンカチで口を押えながら進む。役場の中の崩壊は少なく、つい先ほどまで人がいたかのようだった。

「入ってみたものの、こんなところに神様の記録なんてあるもんかね」

猪森は訝しげにそう言った。

「島の人間が神憑きを隠蔽しようとしていたのなら、外に出ていない何らかの記録があるはずだ」

戸張は、すっかり蜘蛛の巣が張った受付の前を通り抜け、真っ暗な廊下をスマートフォンのライトで照らしながらそれぞれの部屋を探索する。

木造の建物は古い学校のような雰囲気で、なんとも不気味であった。三人が歩くたびに廊下が軋み、他にも誰かがいるのではないかと錯覚する。

「資料室だ」

御子柴が小さな部屋の前で立ち止まる。引き戸を開こうとするが、ビクともしなかった。

「鍵が掛かってるみたいですね」

「ほら、貸せよ」

猪森が工具で二、三度どつくと、鍵が壊れて入れるようになる。

資料室の名の通り、小さな部屋にずらりと本棚が並んだり段ボール箱が重ねられたりしていて、ライトで照らすたびに白い埃のようなものが視界にチラついた。

「この資料の山から探すのか……」

戸張はウンザリする。

「秘密にしておきたいものって、人目に付きにくいところに置くんじゃないっすか？　例えば、こんなところとか」

御子柴は、部屋の奥に何かを見つけた。

「これは……」

黒いテープでぐるぐる巻きになった、段ボール箱であった。わずかなすき間も許さないと言わんばかりの厳重さに、戸張は顔を引きつらせる。

まるで、忌まわしきものを封印したかのようだ。

それでも、猪森のナイフ捌きの前ではあっという間に解かれてしまうのだが。

「ほらよ。これで中が見られるだろ」

「いやはや、頼もしい……」

「まあ、文章から何かを読み解いて真相に近づくっていうのは俺にはできないことだからな。俺にできるのは、撃つのと斬るのくらいだ」

猪森はそう言って、段ボールから一歩下がる。あとは、戸張と御子柴の仕事と言わんばかりだ。

テープの粘着力が残る段ボールの蓋を、引き剝がすように開く。中には、古びてボロボロになった資料や手帳が無造作に詰め込まれていた。

戸張と御子柴は顔を見合わせたかと思うと、頷き合う。二人で手分けをして、この中からオヤドリ様のことを調べなくては。

文字が滲んだり、ページがくっついて剝がれなくなったりして、大半は目を通すことはできなかった。それでも、読める資料の断片を継ぎ合わせ、戸張は役場が封印しようとした文章を読み解いていく。

「これは……」

戸張は、感染症という単語を見つけた。

「なんて?」

「感染症とその症状の記述がある」

顔を覗き込ませる御子柴に、戸張は目を凝らして何とか文字を判読しながら読み上げた。

その内容は、こうだった。

島では、油井や森林の伐採などの事故で亡くなる人がそこそこいた。

しかし、彼らの遺体を安置していると、いつの間にか起き上がって、辺りを歩いているという。事故死をした人間は、ほぼ、同じような状況だった。

「仮死状態だったってことないですかね。この島、水も電気も通ってなかったんでしょ? 医療技術もイマイチだったのかも」

「それにしても、事例が多すぎる。事故死も見て明らかなものがあるだろうし、全てが判断ミスというのは無理がある」

「まあ、そうか。遺体が綺麗だとミスるかもって思ったけど、事故死ですもんね」

御子柴は頷く。彼は想定できる原因を、一つずつ潰す気だ。

「彼らは皆、食べ物を食べることができなくなっていて、水だけで過ごせるようになっていたそうだ。それと、よく日向(ひなた)にいたという」

「……植物みたいだ。あいつら、基本的には水しか飲まないし光合成が必要だし」

「……そうだな」

神憑きのあの有り様を植物と表現するのは、言い得て妙だと戸張は思った。

「満月の夜に動けるというのも、光が関係しているのだろうか」

「そうかも。満月くらいの光量なら動けるけど、それ未満の時は森の中に潜んでいるとか？」

「嫌なものを想像した」

「オレも」

二人は顔を見合わせる。

神憑きに関する記述は、他にもあった。

彼らはやがて、身体のあちらこちらから白い枝を生やし始め、気付いた時には、姿を消していた。身体から枝を生やした異形となった島民が、森の中に消えていくのを見た人もいるという。

「やはり……」

嫌な予感が当たった。

神憑きとなった人は最終的に森へと帰る。

つまりは、普段は森の中に潜んでいるというのは間違いないだろう。

森の中で感じた視線は、森の一部になっていた彼らのものだったのかもしれない。神憑きは戸張達が森に入った時から、ずっと監視していたということだろうか。

それどころか、根ノ島を覆う森のどれほどが、神憑きなのだろうか。

「戸張センセー。根ノ島に行ったきり帰ってこない人って……」

「神憑きになって、森の一部になっている可能性も……あるな」

戸張は自分で言って、ぶるりと身体を震わせた。

昼間に見た赤いシャツがかかった白い木。あれは、もしかして――。

これ以上、先を知りたくない。

理性ではそう思うものの、戸張の手は止まらなかった。彼はこの謎めいた森の中に突き進むことに、夢中になっていた。

「神憑きになった人間に共通したものが他にもある」

彼らは口を揃えて、「みんなと繫がっている」と言っていた。或る者は事故に遭う前よりも穏やかになり、或る者は始終怯えていたという。

彼らはなぜか、彼らが知りうることのないことを知っていた。隣人が墓まで持って行こうとしている秘密すら、当然のように喋り出したのである。

そして、失踪する直前に、「みんなと一つになる」と言っていたそうだ。

どう見ても尋常ではないその状況を感染症と称し、島民は本島へと逃げることを決意した。超常現象を説明しても誰も信じてくれないだろうし、自分達も信じたくなかったのだ。

「どうして……」

「御子柴君的には、ここで真実を隠蔽したことが理解出来ないんだったな」

「うっす」

御子柴は頷いた。

「恐れる相手の名を口にしたり、存在を認めたりしたら、それが本当になる気がするからだ」

「……そもそも、本当じゃないんですか？」

「そこが難しいところなんだ」

戸張は腕を組んで唸る。

「御子柴君は、神の存在を信じるかね？」

「この状況だったら、マジでいるかもしれないって思いますね。普段は、そんなもんいたら、もっと世の中は上手く回っているだろうし、オレたちの目の前に姿を見せるはずだと思うけど」

御子柴は苦笑した。

「御子柴君は、我々と同じ世界の同じ次元に神がいると思っている。だが、私は神というのはそういう存在ではないと思うのだよ」

「異次元っていうか、四次元的な何かってヤツっすか？」

「それも一つの可能性であるが――」

戸張は御子柴の問いをやんわりと受け止めつつ、こう返した。

「我々のような知的生命体は、常になんらかに対して意味を見出す。現象に名前を付け、概念を生み出すのがそれだ。飛行機の中での話を、覚えているか？」

「亡くなった人を忘れなければ、それは認知していることになり、心の中にいるってやつ」

御子柴はうなじの辺りをさすりながら答えた。

「よく覚えていたな。それと同じで、誰かが『神がいる』と思ったら、その誰かの中には、その神が存在するということさ」

「でも、そいつの中だけじゃないんですか？」

「概念の世界は、誰の中にでもある。私にも、御子柴君にも。そして、概念は共有できる。共通認識という形でな。それが増えれば増えるほど、概念世界での存在は大きくなる」

戸張の説明を咀嚼するように、御子柴は首を右へ、左へと傾げる。そして、しばらく唸った結果、ようやく口を開いた。

「じゃあ、信者が多い宗教の神様って、概念世界の存在がめちゃくちゃ大きいってことか」

「君は呑み込みが早いな。神様だけじゃなくて、大勢に認知された有名人なんかもそれに当てはまる。当然、人気配信者である君も」

「オレは――どうなんですかね」

御子柴は苦笑する。

彼の少しばかり痛々しい表情が気になったが、戸張が声をかける前に、御子柴が話題を変えた。

「まあ、島民や林田サンは、神憑きとかオヤドリ様が色んな人に知られて概念的に大きくなるのがおっかなくて、存在をなかったことにしようとしたってのは分かったっす」

「彼らがそこまで理解した上での行動かは分からないが、メカニズムはおおよそその通りだろう。彼らは本能的に、神憑きやオヤドリ様を認知の外にやり、概念的に強大になるのを防いだのさ」

戸張の話を聞いた御子柴は、しばらくの間首を傾げてから、こう言った。

「……ってことは、本島の人は根ノ島の真実を知らない可能性が高いってことか」

「恐らく」

「林田サン、ここの島の住民だったのかも。だからあれだけ怯えていたんだ」

「それは、充分にあり得る」

根ノ島の住民は、本島の庇護(ひご)を仰いだ者達だ。

彼らの立場は本島の人々よりも弱いだろうし、ツアーガイドを命じられたら逆らえないだろう。しかも、根ノ島の本当の恐ろしさを知らない本島の役人なら、元島民にガイドを頼むのは筋が通っている。林田が怯えながらもツアーガイドをしていたのは、そういうことだったのかもしれない。

「じゃあ、林田さんが神憑きになったのは……」

「元々、神憑きになる原因を持っていたんじゃないか？」

そもそも、神憑きになる条件とは何だろうか。

根ノ島で生まれ育っていたら神憑きになるのだろうか。

本島に奇妙な噂がないということは、脱出した島民は神憑きにならなかったのだろう。

だが、林田は今晩、この島で神憑きになった。

満月というタイミングと、根ノ島という土地が影響しているに違いない。

戸張はそう推測しながら、神憑きに関する記述がないか資料を漁る。御子柴もまた、黙々と資料探しを再開した。

「神憑きになる条件……か」

「戸張センセーが言うように、土地が影響してるってことは、油田もなんか関係があるんですかね」

「ん？」

御子柴の言葉に、戸張は目を丸くする。

「だってほら、日本で油田があるなんて珍しいじゃないですか。そういう地質が原因で、他にはない現象が――」

「いや、違う」

戸張は、慌てるようにして御子柴の発言を遮った。

「私は、土地が影響しているなんて言ってないぞ」

「えっ？　だって、脱出した島民は本島で神憑きにならなかったし、林田さんがオヤドリ様が出るっていう条件が揃った島に戻った時に神憑きになったから、土地が影響してるんじゃないかって」

「私はそう思ったが、言ってない。口にしていないんだ、御子柴君」

「は？」

御子柴は、虚をギョッとしたような顔をする。

——みんなと繋がっている。

神憑きが言っていたということを思い出す。彼らは、他人が心に秘めていたことを知るようになっていたそうではないか。

先ほどの御子柴は、まるで——。

次の瞬間、出入り口を見張っていた猪森の銃口が、御子柴に向いた。

「先生とやら、そいつから離れろ」

「ちょ、猪森さん。なに銃口向けてんの。マジで危ないから！」

焦って両手を上げる御子柴のうなじに、戸張も見つけてしまった。細く伸びる、白い枝を。

「御子柴君……！」

戸張は猪森を阻むように御子柴へ歩み寄ると、自らの鞄（かばん）を漁って手鏡を取り出す。それを、御子柴に向かって掲げた。

手鏡を見た瞬間、御子柴の顔が強張（こわば）る。

「は……？　なにこれ」

御子柴は目を丸くしたかと思うと、白い枝をむんずと摑んだ。

「おい、大丈夫か⁉」

「いや、よくわかんねぇ……！　くっついてるとかじゃなくて、これ……」

白い枝を力ずくで引っ張る御子柴であったが、枝は抜けたり折れたりせず、変わらぬ姿でうなじから生えていた。

「……オレの身体から、生えてる……？」

「………恐らく」

戸張も注意深く白い枝を見つめたが、紛れもなく、御子柴の細いうなじから伸びている。その姿は冬虫夏草か、宿木のようだった。

「若造。お前、この島の出身ってわけじゃねぇよな？」

猪森は猟銃を構えたまま問う。

「……違う」

御子柴は枝を隠そうとするかのように、手で覆いながら答えた。

顔はすっかり青ざめ、いつもの軽薄さは欠片もない。

「じゃあ、なんでそいつが生えている？　その姿はまるで、神憑きじゃないか」

神憑き、と聞いて、御子柴が身体を震わせる。

林田の変貌直前の姿を知っている戸張は、言い得て妙だと思った。

「くそっ、わかんねぇよ！」

御子柴は声を荒らげた。

「なんで、この枝がオレから生えてんの？　根ノ島出身でもねぇし、神憑きに噛まれたとかでもねぇんだぞ！」

御子柴は自問するように叫ぶ。

なんで。

戸張も可能性を探る。

御子柴と根ノ島の島民ら、何か共通点があるはずだ。

まずは、満月の夜に根ノ島にいること。だが、戸張や猪森に変化はない。小屋に残っている木下らの今の様子はわからないので、除外する。

御子柴がやっていて、戸張と猪森がやっていないことはあるだろうか。特に、行動を共にしていた戸張と御子柴の決定的な違いは。

「水か……？」

御子柴は昼間に、根ノ島の湧水を飲んでいる。だが、戸張は飲んでいない。

根ノ島に水道は通っていないので、井戸水で生活していたのだろう。島民と御子柴は、根ノ島由来の水を摂取しているのだ。

「そっか……。水だったら、元島民の林田さんも飲んでるだろうし納得が行く……。それにしても、一度飲んだらダメってヤバくないっすか……？」

御子柴は消え入りそうな声で言った。

戸張は、何と声をかけてやったらいいか分からなかった。

この明るく未来がある若者が、意思があるのかないのか分からない存在になり果てるというのか。

想像するだけで、内臓がひっくり返りそうなほど気持ち悪くなる。これは、生理的嫌悪感だ。

生ける屍(しかばね)のようになる御子柴を、戸張はこれ以上想像したくなかった。

「だが、飲んですぐに神憑きになるんじゃあ、島民も全滅してないか？　連中は、全員井戸水を飲んでいたんだろうし」

猪森の指摘はもっともだった。

「事故に遭った者が神憑きになって戻ってくるという話だが、林田さんは事故に遭った形跡がなかったしな……。御子柴君もそうだ。事故は一つのきっかけに過ぎないのだろうが……」

戸張は御子柴を見やる。白い枝から、小さな葉が生まれつつあった。

「オレ、あんな異形になるんですかね……」

「……それは」

「自分が異形になるところって、めちゃくちゃ撮れ高があると思うんですよね。でも、神憑きになったら、動画を編集してもらいに行けなくなっちゃうし……」

御子柴は乾いた笑いを浮かべる。

戸張は、反射的に御子柴の肩を摑んだ。

「大丈夫だ」

「……気休めはいいですよ。それ、戸張センセーの優しさなんだろうけど」

「いや。君のことは絶対に救ってみせる。大勢のチャンネル登録者が、君を待ってるはずだろう？」

断言する戸張を、御子柴はきょとんとして見つめ返す。そんな彼を、戸張もまた力強く見つめた。

どれくらい経っただろうか。黙って見つめ合っていた二人であったが、御子柴は不意に表情を緩めた。

「ははっ、男前過ぎるんですけど。カメラ回しそびれたのが悔やまれるから、テイクツーをお願いしていいっすか？」

御子柴は、ハンディカムをゆらゆらと振る。

「ば、ば、ばかもの！　撮れ高を意識したわけじゃない！」

戸張は慌てて御子柴から離れる。御子柴はひとしきり笑うと、深く息を吐いた。

「猪森サン」

「ん？」

御子柴は、事の成り行きを見守っていた猪森に言った。

「オレが正気を失って完全に神憑き化したら、迷わずに撃ってください」

「おうよ。そのつもりだ」

頷きながらも、猪森は猟銃を下ろす。今はまだ、引き金を引く必要はないと思ったのだろう。

「それまでは、センセーに賭けてみる……。オレも、一つでも多くの真実を見つけたいし」

御子柴の視線を受けて、戸張もまた頷いた。

「島民達が音を上げて逃げ、その中の一人であった林田さんが神憑きになった以上、ここには解決策がない。我々が行くべきところは、ただ一つ」

「島の社」

「その通りだ。なんだ、君もわかっていたのか」

戸張は、勿体ぶってしまったことを恥ずかしがりながら、資料を簡単に片付けてその場を去る。

だが、御子柴はゆるく首を横に振った。

「オレは、センセーの言おうとしたことをなぞっただけっすよ」

「やはり、君は……」

「……断片的に、聞こえてくるんだ。センセーの声や、猪森さんの声。そして、誰のだかよくわからない声も……」

努めて冷静に語る御子柴であったが、その表情は恐怖に歪んでいた。

戸張は、そんな御子柴の細い肩をしっかりと抱き、猪森とともに役所跡を後にする。御子柴の身体はひんやりしていて、わずかに震えていた。

「神憑きになった人々の言っていた『繋がり』とは、そのことかもしれないな」

「他人の声が聞こえるってやつ？　どういう仕組みなんすかね……これ」

「それは……わからない」

戸張は、眉間に皺を深く刻んだ。

前方では、猪森が黙々と先導してくれる。

彼は戸張が持ってきた地図を見ているため、社の場所は知っていた。

月はもう見えなかったが、自前の方位磁針を使いながら方向を確かめ、瓦礫を避けながら集落跡を去り、藪の中へと突入する。

「他人の思考が読める仕組みは分からないが、概念の世界での繋がりが見えるようになったのかもしれないと思っている」

「認知によって、神が存在する世界ってやつ……」

「ああ」

戸張は視線を感じる。

やはり、周囲の森からだ。

真っ黒な森の枝葉に、白いものが交じっている気がする。木々のざわめきは、人の話し声のようにも聞こえた。

「概念世界は人の思考の世界だ。集合的無意識が神々に姿を与える。それをより具体的に感知できるようになっているのかもしれない」

「神の領域ってやつですかね。オレが想像してたのと、全然違うけど……」

もし、神々がいる世界というのがあるとしたら、神話やフィクションに登場する天国や地獄のようなものだと思っていたという。

「あういうハッキリとした世界じゃない。なんか、ぐちゃぐちゃだ。聞こえてくる声が誰の声だか何を言ってるのかよくわからないのがほとんどだし……」

「我々は物質世界の存在だから、そんなものさ」

戸張は内心、安堵していた。

御子柴はまだ大丈夫。ちゃんと自我を保っている。

戸張の頭の中ではまだ、「死者に会える」という噂が引っかかっていた。

自分が目にした超常現象はどれもその噂に繋がっている気がするが、決定的でない気もしたのだ。

「……戸張センセーがいて、よかった」

御子柴は、唐突に呟く。

「ど、どうしたんだ、いきなり」

「だって、こんな時でも冷静じゃないですか。ゾンビもののフィクションみたいな状況で、概念世界がどうのとか、認知がどうのとか分析できるのは、マジでリスペクトっていうか」

「……そういうことくらいしか、出来ないから」

幻想小説家の戸張は、常にそんなことばかり考えていた。

映像技術が発達し、編集で心霊写真や心霊動画をいくらでも作れる世の中になった。

都心は二十四時間明るく、怪異よりも人間の方が怖いと言われるほどだ。畏れられていたもの達は、捏造できるものであったり、人間よりも怖くないものだと軽んじられたりしていた。

彼らの存在が少しずつ否定され、神秘のベールが剝がされる昨今、戸張は彼らを過去の幻としたくなかった。幻想が存在することを、証明したかったのだ。

そのために、彼は概念の世界というものを見出した。幻想の存在は触れることができないかもしれないが、個々の認知の中に確かに存在しているのだと悟り、作品としてそれを書き記した。

「センセーの小説、オレには理解できないことがいっぱい書いてあったけど、今ならなんとなく、分かる気がする」

「……君がそんな状態になるくらいなら、永遠に分かってもらわなくても良かったが」

戸張は苦笑する。

徐々に道が険しくなり、度々、足を取られそうになる。社が近い証拠だ。

先導する猪森は、往く手を阻む藪を手持ちの鉈で切り開きつつ、ずんずんと先に進んでいた。

御子柴のハンディカムは、そんな彼の背中を写していた。だが、御子柴の目はそれよりも遠くを見つめていた。

「昔、いじめを目撃したことがあったんです」

御子柴は呟くように切り出した。

曰く、彼は中学生のころ、同級生がいじめられている現場を見てしまった。

だが、いじめていた相手は徒党を組んでいて、その場で止めることができなかった。

御子柴は教師にいじめのことを話し、現場まで連れてきたが、その時には誰もいなかった。

「現場には間に合わなかったけど、いじめてたやつが誰なのか、どんなことをしていたかは教師に言ったんです。だから、教師は動くと思ってた」

しかし、教師が動く気配はなかった。

御子柴がおかしいと思っているうちに、いじめられていた生徒は自殺した。

生徒の自殺はニュースで取り上げられたし、マスコミが入って警察の出入りもあった。それでも、いじめの実態はなかったと学校は主張し、遺書も見つからなかったこともあり、事件は曖昧なまま終わった。

「あとで分かったことなんですけど、いじめてたやつは成績も良かったし先生から信頼されてたから、オレの訴えも何かの間違いだと思われたみたいで。オレも、成績が悪い方じゃなかったんですけどね」

御子柴は苦笑する。

「御子柴君……」

その教師がどのような人物なのか戸張にはわからなかったが、何かと理由をつけていじめの対応を怠る者がいるという話を聞いていた。偶然にも、相手はそういった教師だったのかもしれない。

「とにかく、証拠がなかったんです。だから、いじめもなかったことになったし、あいつも無念だったと思います……」

「もしかして、君はそれでこんなことを……？」

戸張は御子柴のハンディカムを見やる。

御子柴は、静かに頷いた。

「物的証拠を集めて、見えない真実を解き明かす。それで何か、救われるものがあったら幸いって感じですね」

「根ノ島の風評被害を気にしていたのは、そういうことだったのか。根ノ島に来たのも、根ノ島の噂の真相を確かめるために……」

「根ノ島の噂がガセで、本島の住民が困ってるんだったらどうにかしたいっていう動機は、半分って感じっす」

「では、もう半分は……」

戸張の問いに、御子柴は口を噤んだ。

戸張もまた、皆まで言わせる必要はないと察した。

御子柴もまた、会いたい人物がいるのだ。

「お察しの通り」

戸張の思考は、御子柴にだだ洩れだったらしい。戸張が気まずく思う中、御子柴は続けた。

「いじめられてた同級生に、会いたいんです。会って、謝罪したい。オレが無力で、何も出来なかったことを」

「……君が、そこまで気に病むことはない」

戸張は、やんわりとフォローする。

しかし、御子柴は首を横に振った。

「オレの気が済まないんですよ。でも、亡くなった人に会って謝罪するなんて都合のいいことはできないって思ってました。頭では無理だとわかっているにもかかわらず、諦めきれない。そんな時、戸張センセーの小説と出会い、救われたんです」

「……私の小説が、君を？」

「センセー、見えないものの話ばっかり書いてるじゃないですか。カメラで写せないもの、動画に残せないものが、センセーの話の中では生き生きと動いている。オレは、そんなセンセーの世界に惹かれたんですよ」

「そう……か」

戸張は、照れくさいようなむず痒いような気持ちになる。

だがその時、猪森が立ち止まり、御子柴が戸張の隣からするりといなくなった。

「社だ……」

森が途切れ、開けた場所に辿り着く。すぐそばには、昼間に戸張達が歩いた遊歩道が窺えた。

周りはシンと静まり返っていた。

古びた鳥居が、三人の前に立ちはだかる。厳かなたたずまいの正面に、御子柴はふらふらと歩み寄った。

先ほどよりも、枝が太く、空に向かって伸びている気がする。

「なんか、懐かしい気がする。これって、ヤバいやつ？」

御子柴はそう言いながらも、鳥居から目が離せないようだ。

「ここに神様はいるのかね」

猪森は猟銃を構え、用心深く周囲を見つめる。

境内は驚くほど静かであった。虫も鳥も、気配を感じさせない。

放棄された油井の錆びついたポンプジャックは、巨大な人影が項垂れているようにも見えた。

そんな中、御子柴の目だけが爛々と輝いている。

「いない……。そんな気がする」

御子柴はうなじの辺りを押さえながら、絞り出すようにそう言った。

「もういい。君は何も考えなくて大丈夫だ。聞こえる声に耳を傾けず、リラックスしていたまえ！」

戸張が御子柴を揺さぶる。

御子柴は小さく呻きながら、戸張を見つめ返した。

その瞳は先ほどよりもぼんやりとしているように見えた。心ここにあらず、意識が別のところに引っ張られているようにも見える。

急がなくては、と戸張は自らを鼓舞し、鳥居をくぐって境内に入る。石畳に落ちる小枝を踏みしめ、拝殿を開け放った。

ぶわっと埃が舞い上がる。戸張は二、三度咳き込んだ。

拝殿には祭壇があり、鏡面がぼやけてしまった鏡が備えられている。木造の一般的な拝殿だった。

「神様が留守なんじゃあ、拍子抜けだな。満月の夜に動けるらしいし、今は散歩中か？」

猪森はからかうように言った。

「留守ならば、今のうちに調べ物が出来る。あなたの聞いた、不死の話も詳細がわかるかもしれない」

「なるほどな」

不死の話を出された途端、猪森は猟銃を背負い、調査に協力すると言わんばかりに祭壇の下にある戸棚を目ざとく見つけて漁り始める。

神をも恐れぬ大胆なその様子に、戸張は目を丸くした。

「……なかなか剛胆だな。あなたは、なぜ神の血を必要とするんですか？」

「あ？　理由はなんだっていいだろう。それに、不死になる血なんて、需要は幾らでもある」

自分で考えろと言わんばかりの投げやりっぷりに、戸張はそれ以上問いただすのを諦めた。

それに、こちらには時間がない。

御子柴の神憑き化は、確実に進行している。それを止め、枝葉を引き抜く方法を見つけなくては。

「ん」

猪森は和綴じの手記のようなものを見つけ、戸張に投げてよこす。戸張は慌てながらも、それを受け止めた。

「先生はそれを読んでくれ。文字くらい俺も読めるが、難しいことを理解するのは苦手だしな。その代わり、有用そうなものを見つける」

「オレも――」

御子柴も猪森に歩み寄ろうとした。

だが、猪森は大きな手で制す。

「若造は先生が言ったように休んどけ。俺に弾を無駄撃ちさせんな」

物言いたげにしていた御子柴であったが、すぐに引き下がる。

「……わかった。ありがとう」

「なんで礼を言うんだ」

「猪森サン、口は悪いけどオレのこと心配してるから。流れてくるんだ。その気持ちが」

「クソッ。嫌な異能を身につけやがって！」

猪森は全力で毒づく。

そんな時、戸張は渡された手記に気になる話を見つけた。

「神について、書かれている」

「なんて？」

猪森は拝殿内を漁りながら、耳だけを傾けた。

「島では元々、海の神を祀っていたらしい。嵐に見舞われたり海難事故に遭ったりしないようにと、島の祠(ほこら)は大切にされていたそうです」

「そりゃあ、そうだろうな。海に囲まれた島なんだから」

「ですが、或る時から、オヤドリ様を祀るようになっている。この手記に書かれている伝聞によると、死人が木を生やして動くようになってから――」

「オヤドリ様ってやつの話は、かなり昔からあったってことか？」

猪森は怪訝(けげん)な顔をした。

「ええ。その頃の人々は、その現象を神秘的なものであり、神から恩恵を賜って不死となったのではと考えていたようです。事例も、かなり少なかったようで」

「……神の血で不死になるっていう話は、そこからか？」

「久木さんが聞いた、神憑きの話と照らし合わせると、そうかもしれません……」

久木の名前を出した時、戸張は大きな引っ掛かりを覚えた。

何か、大事なことを忘れている気がする。

「でも、何らかのきっかけで、神憑きがたくさん現れるようになった。それで、島民が逃げ出した――って感じですかね」

御子柴の言葉に、戸張は頷いた。

「ああ。オヤドリ様の存在も何もかも隠蔽して、感染症ということにして――な」

「一体、何がきっかけでそんなことに……」

「それも、ここに書かれている」

戸張は続きを音読した。

「『油田の開発時、石化した木乃伊にも見える珪化木と思しきものを発見。オヤドリ様の一部としてこれを祀ることで、度重なる事故を防ぐ安全祈願とす』と書いてある。恐らく、事故が多かったんだろうな。神主は、ミステリアスな雰囲気の珪化木が発見されたのが幸いと思って、御神体として祀り、人々の気持ちを鎮めようとしたのだろう」

神主は妄信的な信者ではなく、比較的、冷静な人物だったのかもしれない。ならば、手記の信憑性も高くなる。

「だが、この後に神憑きが増えたようだな」

「つーか、珪化木が油田に？　まあ、無くもない……のか？」

御子柴は首を傾げる。

「なんか問題でもあるのか？　というか、その珪化木って何なんだ？」

猪森は訝しげに尋ねた。

「オレも専門じゃないんですけど、珪化木っていうのは確か、植物の化石の一種なんですよね。土砂などに埋もれた木の成分が、時間をかけて二酸化珪素に変化するってやつ」

二酸化珪素というのは、水晶を構成しているシリカと呼ばれる化合物だ。そのため、珪化木の中には宝石のように美しいものも存在している。

「石化した木乃伊っていう表現は言い得て妙だと思うんですけどね。オパール化するとめちゃくちゃ綺麗ですけど、ほとんどは地味っていうか……」

「詳しいじゃねーか」

猪森が感心する。

「前に検証動画上げる時に、ちょっと調べたんですよ。んで、石油の正体は確か、生物の死体っすね」

戸張も聞いたことがあった。

生物の死骸が海や湖の底に堆積し、それが重みや地熱などによって変化したものだという。

変化して液体になるのには何億年もかかるため、石油がある層は地中の奥深くになる。地殻変動によって比較的浅いところまで隆起することもあるが、これらの条件を満たしている地域は珍しいらしい。

「珪化木になるには珪酸が必要なんですけど、珪酸が多い堆積岩ってスゲー硬くなるはずなんですよ。石油って岩石のすき間から染み出すものらしいけど、条件は合うのかなって……。でも、油田がある地域で実際に珪酸塩鉱物が見つかってる例もあるから、間違っていない……のか？」

「珪化木に違和感、か……」

猪森はそう言いながら、家探しを再開する。

「ご神体はないですか？」

戸張は猪森に尋ねた。

「これか？」

猪森は、曇った鏡の前に積もった埃やら天井の欠片を払い、何かをむんずと摑んだ。

「それ……だ」

猪森が手にしたものを見て答えたのは、御子柴だった。御子柴から生えた枝が、不自然に揺らぐ。

木乃伊に見えるとは、言い得て妙だった。

木とも乾いた生き物の死体とも言い難い、手のひらくらいの大きさの硬質な物体だった。石のような質感で、珪化木にも近い。

だが、乾いているはずの表面は、やけにぬらぬらしているように見えた。ライトを当てる角度によってぼんやりと七色に光って遊色を生み出す様はオパールのようであったが、きらめきを目にして胸に生じるのは言いようのない不安だけだった。

「これ、珪化木じゃない……」

御子柴の声は、確信に満ちていた。

彼に取り憑いている宿木がそう訴えているのだろう。宿木を持たない戸張ですら、ご神体の異様さを感じ取っていた。

「こいつ、半分しかないんじゃねぇか？」

訝しげな声をあげたのは、猪森だった。

確かに、ご神体は中途半端に切れているようだった。その断面が剝き出しになり、うすぼんやりと白く光っている。

その光が、揺らいでいるように見えた。

戸張が目を凝らして見てみると、その断面には無数の菌糸のような枝が生えており、片割れを探して手探りをしているようであった。

その一つ一つは、手のように見えて——。

「うおっ！」

戸張は思わず声をあげる。御子柴も異常な断面に気付いたのか、顔をしかめていた。

「……気持ち悪ぃ」

さすがの猪森も嫌悪感を剝き出しにし、ご神体を元の場所に戻す。

あれは、なんだ。

戸張は御子柴と目が合う。彼の目もまた、戸張と同じ疑問を物語っていた。

あんなものが珪化木のわけがないし、木乃伊ですらない。

「あれって、片割れがあるんすかね……」

「さあ……。あんなもん、二つもあって欲しくないが……」

再生しようとする神憑きのように枝を蠢かせるその姿は、この世界のものとは思えなかった。

「ん？　……なんだこりゃ？」

気持ちを紛らわせるように辺りを漁っていた猪森は、拝殿の戸棚の奥から小さな桐箱を見つけた。

奥にあったためか多少の埃を被っているものの、美しい桐の木目がよく見えた。桐箱を開けてみると、中には手紙が保管されていた。

戸張は猪森からそれを受け取り、目を通す。どうやら島民が神社に当てた手紙のようであった。

たどたどしい文字で書かれた手紙を、戸張は眉間に皺を寄せながら目で追う。断片的にその内容を理解した時、戸張は絶句した。

「……何が書いてあったんすか？」

御子柴は、戸張が開いた手紙を背後から覗き込む。だが、読む前に戸張の考えていることを察したのか、顔を強張らせた。

「マジか……。なんでこんなところに……」

「おい。先生の思考が読めない俺にもわかるように説明してくれ」

猪森が手を止め、二人を胡乱な眼差しで見つめる。

戸張はしばらくの間、戸惑うように手紙の内容を何度も読んでいたが、やがて、見間違いではないと悟って溜息を吐いた。

「罪の意識に苛まれた島民による、告白文でした」

「ほう？」

「島民は、油田開発をよく思っていなかった。元々彼らは排他的でもあり、余所者が島を荒らすのは嫌だったようです」

油田開発側も、それは理解していた。

それでも、石油の需要があったため、あの手この手で島民を懐柔しようとしていた。インフラの整備も、その一つだった。

島民の大半は、開発会社の条件に頷いた。正式な成約が交わされ、油田開発が始まった。

だが、何を提示されても反対していた島民もいた。

彼らは油田開発会社の人間を憎み、ついには、視察に訪れた責任者を手に掛けてしまった。

責任者を殴り倒し、油田に突き落としたのである。

「へぇ、大したもんだ」

手紙の内容を戸張から教えてもらった猪森は、からかうように言った。戸張と御子柴は、笑えなかった。

手紙の内容が殺人の告白だということもあるが、それ以上に、気になることがあった。

「……ここに、油田に落とされたという責任者の名前がある」

「知り合いか?」

猪森は、冗談交じりに肩を竦める。

だが、戸張と御子柴は沈黙してしまった。顔色が悪い二人を見て、猪森もまた、姿勢を正す。

「知り合い……なんだな?」

「ああ、恐らく」

戸張は重々しく吐き出した。

「責任者の名前は、久木正吾。ツアーのメンバーの一人だ」

戸張は思い出す。

御子柴が湧水を飲んだ時、久木もまた水を口にしていた。

4．発症

だが、そもそも彼は、御子柴に湧水を飲むことを勧めた張本人だったはずだ。船から離れた時も最後尾であったし、ロープを切ることもできたかもしれない。

だが、彼がなぜ、御子柴を神憑きにしようと思ったのか。

戸張は御子柴のハンディカムを見やる。

御子柴はつぶさにカメラを回していた。この中に記録された久木の挙動に不審なものがあったとしたら、証拠隠滅を図るかもしれない。

全て、辻褄が合ってしまう。

「名前が同じなの……偶然じゃないっすよね……」

御子柴の呼吸が、少しばかり荒くなっている。

「御子柴君……！」

戸張が振り向くと、うなじの枝葉は御子柴の後頭部からはみ出るほどまで成長し、暗い拝殿の中で、ぼんやりと輝いていたのであった。


その頃、ガイド用の小屋では、木下達が薪を組み終わったところであった。

「よし。これならば、朝まで持つわね」

歪ながらも立派に積まれた薪を見て、木下は汗を拭った。

湿度が高いせいで、汗が滲んでシャツを貼りつかせていた。汗臭い自分に辟易しており、一刻も早くシャワーを浴びたいと思っていた。

「火はある？」

「小屋にライターがありました！」

梶山はライターを持って小走りでやってくる。

「あの動画配信者達大丈夫かな。森に入ってから、かなり経ってるぞ」

楠居は、不安そうに森の方を見やる。

雲が月光を遮っているせいで、森全体が真っ黒に染まっていた。森の中がどうなっているか分からない。

「もちろん、みんな無事でいて欲しいけど、御子柴君がちゃんと戻って来てくれないと困るわ。私、彼の動画を見るのが日々の生き甲斐の一つなのに」

木下は、梶山からライターを受け取って、キャンプファイヤーに火を点ける。薪と一緒に入れた紙ごみに火が回り、木々をゆっくりと舐めていく。

「戸張さんも心配です。あの人が森の中で私達を見つけてくれなかったら、ここまで戻って来れたかどうかもわかりません。――ねぇ、久木さん」

梶山は、森の中で行動を共にした久木に話を振る。

だが、久木の姿はなかった。

「久木さん？」

梶山はきょろきょろと辺りを見回す。小屋の中を覗いてみるが、久木の姿はない。

「楠居さん、久木さんは？」

「えっ？　さっきまで一緒に薪を集めてませんでした？」

楠居もまた、梶山とともに久木を捜す。

その時、視界に人影が映った。

「ほら、いるじゃないですか。あそこに」

楠居は指をさす。しかし、それは久木ではなかった。

「神憑き……！」

森の前に、身体から白い枝葉を生やした人間が立っている。

質素な服装で、靴が片方脱げていた。丁度、半世紀前のファッションである。

「ちょっと、多くない⁉」

木下も身構える。

神憑きは、一体ではなかった。一体、また一体と、身体から生えた枝葉を揺らしながら、森の中から現れた。

彼らの目は漏れなく虚ろで、生気を感じない。

それに比べて、うすぼんやりと輝く枝葉は瑞々しく、雲のすき間からこぼれる月光を貪欲に浴びようと、葉っぱをめいっぱい広げている。

前時代の服装の神憑きの他に、比較的新しい服を着た神憑きもいた。それは恐らく、根ノ島の噂に惹かれて無断上陸した人達なのだろう。戸張が昼間に見た、赤いシャツを着た者もいる。

神憑きの存在が、急に現実的になる。

一歩間違えば、自分達もああなるのではないかと三人はゾッとした。

「来るな！」

木下は火が点き始めた一本の薪を、むんずと掴む。

だが、その時だった。

ぽつ、と水滴が彼女の頬を濡らす。

「……嘘でしょ？」

灰色の空から、次から次へと雫が滴る。

雨だ。

「おい、マジか！」

楠居も慌てるが、なす術もない。

無情な雨は薪を湿らせ、火の勢いを衰えさせて行く。キャンプファイヤーが消えてしまうのも、時間の問題だ。

一方、森から現れた神憑き達は、小屋に向かって一斉に歩き出した。恵みの雨を悦ぶように、足早に距離を詰める。

「中に入りましょう！」

梶山が二人を促す。

「久木さんは!?」

「それどころじゃないわよ！」

久木を捜す楠居の首根っこを引っ掴み、木下は梶山とともに小屋の中に入る。

内側から鍵をかけ、つっかえ棒を設置し、段ボールやら土嚢（どのう）やらを積んで入り口をふさいだ。

「これで、時間は稼げるはず……」

「いや、窓だ！」

楠居は慌てて、開けっ放しの窓を閉めようとする。

しかし、窓に手を伸ばした瞬間、楠居の身体が引っ張られた。

「ぎゃあああ！」

「楠居さん！」

梶山が叫び、木下が走る。

窓から身を乗り出した状態の楠居を、木下が抱きとめた。

「ひぃぃぃぃ！」

楠居は情けない悲鳴をあげる。

無理もない。いつの間にか窓の外にいた神憑きの無数の手が、楠居を小屋の外に出そうと引っ掴んでいるのだから。

神憑きは頭部がほぼ枝葉で覆われている者もいれば、身体中にまんべんなく枝葉が伸び、顔が見えている者もいる。

顔が見えていても、その目は意思を持っているようには見えなかった。

そのくせ、腕と指は独立した意識でも持っているかのように、細やかで生々しく楠居を欲している。

「もう、木の方が本体ってわけ。雨さえなければ燃やしてやるのに……！」

木下は全身全霊で踏ん張って楠居を小屋に引き込もうとするものの、多勢に無勢だ。楠居の身体は、少しずつ神憑きに引っ張られている。

神憑きに囚われてしまったら、一体どうなるのか。自分達も、彼らのようになってしまうのだろうか。

久木は彼らが何かを訴えたいのだと言っていた。

彼らは死を超越した存在なのだと。

満月の夜にしか動けなくても、半永久的に生きられるのならば、相対的には永く生きられるのではないだろうか。現実世界のくだらないしがらみから解放され、意外と心地よさもあるかもしれない。

だが——。

「私は煩わしい現実も嫌いじゃないのよね。これからも、気に食わないものを蹴散らして、図太く生きて笑って死んでやる！」

木下は最後の力をふりしぼる。しかし、彼女の抵抗も虚しく、楠居もろとも神憑きの元へと引きずられそうになっていた。

その時である。

「楠居さんを放せ！　私から、これ以上奪わないで！」

梶山が木下の横を通り過ぎ、窓枠を足で踏みつける。彼女の手には、薪割り用の斧があった。

「うわあああああああっ！」

梶山の咆哮とともに、楠居を捕らえる腕に薪割り用の斧が叩きつけられる。絶叫のような葉擦れの音とともに、神憑きがのけぞった。

「きゃっ！」

楠居が手放された反動で、木下は楠居とともに小屋の中に倒れ込む。起き上がった楠居は、必死になって窓を閉め、鍵をかけた。

べたべたべた、と手のひらが、そして枝葉が、窓ガラスの向こうに打ち付けられる。

神憑きの顔はいずれも無表情であったが、ざわざわとざわめく枝葉からは怒りと怨嗟が見て取れた。

斧を手にした梶山が、さっとカーテンを閉める。ガラス窓を叩く不穏な音だけが、彼らの存在を示すものとなった。

「……怖かった」

梶山は斧を手放し、へなへなとその場に座り込む。

「やるじゃない。見直したわ」

木下は梶山を激励する。梶山は、力なく笑い返しただけだった。

「ほ、本当に助かった……。有り難うございます、梶山さん……」

楠居はぺこぺこと頭を下げる。

「別に、そんな……。自分でも何が何だかわからない状態でしたし……」

梶山は、照れくさそうに続ける。

「でも、楠居さんが無事でよかった……。楠居さんがいなくなるかもしれないと思った瞬間、絶対に嫌だって思ったから……」

「梶山さん……」

「こほん」

いい雰囲気の二人の間に、木下の咳払いが割り込む。二人は、ハッとして我に返った。

そんなことをしている場合ではない。今は、小屋を取り囲んでいるであろう神憑きから、身を守らなくては。

小屋の窓のみならず、壁をも叩く音がする。入り口を無理やりこじ開けようとしているようで、扉が何度も大きくたわんだ。

三人は部屋の真ん中に身を寄せる。四方八方から、神憑きが立てる音が三人を攻め立てた。

「なによ……敵意マシマシじゃない……」

木下は苦笑する。

「流石に……攻撃されたら怒りますよね」

梶山もまた、不安そうだ。

いつまでこうしていればいいのか。明朝には迎えが来ると言っていたが、この状態で桟橋まで行けるわけがない。

だが、神憑き達が活動するのは夜の間だけのはずだ。

木下はスマートフォンで時間を確認するが、日の出までまだまだ時間がある。

「久木さんは、本当にどこに行ったんでしょう。大丈夫ならいいんですけど……」

梶山は外を気にしていた。木下は「そうね」としか言えなかった。

「もしかしたら、作家先生達に合流しようとしているのかも。あっちに俺達の危機を報せてくれるといいな……なんて」

楠居は楽観的にそう言うものの、最後の方は自嘲的になっていた。久木がいなくなったのは神憑きが現れる前だし、彼はなんの装備も持っていなかったはずだ。

「あとは、作家先生達が解決方法を見つけてくれることを祈るしか……」

「楠居さん！」

梶山が唐突に悲鳴をあげる。

楠居は驚いて彼女の視線の先を見やるが、そこにあったものに、顔を引きつらせた。

「うひぃ！」

それは、楠居を捕らえていた腕であった。梶山にぶった切られたせいで、腕だけが楠居の服にしがみついている。

「気持ち悪い！」

楠居は必死に取ろうとするものの、爪が食い込んで上手くいかない。四苦八苦するうちに、ようやく引き剝がせた。

「こいつ……」

ぼとりと畳の上に落ちた腕は、枯れ木のようなたたずまいであった。人間の腕とは思えないほど皺が寄り、節くれだっている。

そしてあろうことか、斧が生み出した断面から、黒い水を滴らせていた。ツンとした臭いが辺りに立ち込めている。

黒い水は、窓から畳にかけて血痕（けっこん）のように落ちていた。

「血……じゃない。石油……？」

異臭を放つ黒い水を前に、三人は沈黙する。

彼らが見ている前で、落ちていた腕は急速に年月を経たように風化し、やがては、水分がすっかり抜けた白骨へと変貌したのであった。

5. 始祖

御子柴に宿った木は、すっかり成長していた。

うなじからは小さな枝葉がわさわさと生え、宿木を背負っているかのようであった。

「センセー……」

鏡を見た御子柴は、震える声を漏らした。

「御子柴君、大丈夫だ。君はまだ、自分を保っている」

戸張は御子柴を励ますが、御子柴は青ざめた顔で見つめ返す。

「保てているか、わからないんだ。声が——たくさん聞こえる。戸張センセーの自分を落ち着かせようとする声と、猪森サンの判断に迷うような声。そして——」

そこまで言うと、御子柴は口を噤（つぐ）んだ。

「どうした……？」

「中学校の、同級生の声が聞こえる……。さっき話した、苛（いじ）められていたやつの……！」

「なっ……！」

御子柴は戸張から顔を背け、亡者の声に耳を傾けるかのように集中する。

「間違いない。あいつの声だ。でも……なんて言ってるか聞き取れない。オレを責めているのか、それとも、そうじゃないのか……。ううん、どっちでもいい。オレは……あいつに謝らないと……」

「御子柴君、しっかりしろ！」

戸張は御子柴を揺さぶる。

「死者の存在を認知しようとするな！　概念の者への理解を深めれば深めるほど、境界に近づくのが早くなって神憑き化が進行するぞ！」

「でもオレは、あいつの声を聞きたかったんだ！」

戸張を見つめ返す御子柴の枝葉は、彼の顔を少しずつ隠し始めた。

「先生！」

猪森が叫ぶ。

御子柴が危うい状態だというのに、彼はまだ銃口を御子柴に向けていなかった。普段は口が悪い彼だが、戸張に賭けるつもりなのだろう。

戸張は改めて御子柴の肩を摑み直すと、正面から彼のことを見つめた。

「君のそれは、罪悪感だ」

「罪悪……感……？」

「君は同級生を助けられなかったという罪の気持ちに苛まれ、二度と繰り返してはならないという強い意志を抱くとともに、審判を渇望する気持ちも抱くこととなった。責任感が強い君は、自分が助けられなかった本人に許されるか、それとも罰されるかしないと、自分の気持ちを完結出来なくなった」

　御子柴は、戸張の言葉を黙って聞いていた。

　戸張が話している今も尚（なお）、御子柴の宿木は成長している。

　だが、戸張は深呼吸をして冷静になるよう努めながら、御子柴と向き合い続ける。

「君の罪悪感を、君一人で受け止めるのが難しいのはわかる。だが、君も大人だ。自分の裁きを他人に任せてはいけない。ましてや、もういなくなった相手にそれを求めてはいけないんだ」

　大人、という言葉に、御子柴は肩を震わせる。しかし彼は、首を横に振った。

「いなくなってない……。あいつは、ここにいる……」

　御子柴は自分の耳の近くの虚空を撫（な）でる。彼は、その辺りから囁（ささや）かれているように感じているのだろう。

「御子柴君。それもきっと、君なんだ」

「えっ……？」

「幽霊は認知、そして概念の存在だと言っただろう？」

「……死者は、心に宿るって」

「そう。人が亡くなり、肉体が喪（うしな）われても、その人物に関わった者達がその人物を覚えている。個々が認知することによって、認知した者の中に概念と化した死者が宿るのだと私は考えている。生者が、死者との記憶を思い出したり、死者がここにいたらと仮想したりすることによって、死者は生者の中で生きることができるんだ」

そして、生者に忘れ去られた時に、概念的な死が訪れる。そこで、死者に完全な死が齎(もたら)されるのだ。

「概念的に生きるっていうのは、他人に認知されること……」

御子柴が戸張の言葉を嚙(か)み砕くように言う。

「ああ。御子柴君の同級生は、君の中にいる」

「でもそれは、オレの思い出だし、思い出から生まれた仮想のあいつでしかない……」

「他人との思い出は一人で作れるものではない。大事なものだ」

でしかない、と言った御子柴に、戸張はやんわりとフォローする。

「だけど、オレがあいつの声を聞けたとしても、それはオレの心が再現したもので、結局はオレとの対話ってこと……？」

「そうなる。それ自体、君が気持ちに決着をつけるために大切なことではあるが、神憑きになってまですることではない。死者との向き合い方さえ知っていれば、誰にでも出来ることなのだから」

しかし、死者の存在の大きさに耐えかねて苦しむ人も多いだろう。死者との思い出を受け止めきれない人もいるだろう。

そういう人達が、過ぎ去ってしまったものを求めてあがくのだ。そして、死者に会えるという甘言に身を委ね(ゆだ)ることになる。

多くの人が、それで神憑きになってしまったのだろう。

御子柴は、どうだろうか。

戸張は、しばらく黙っている御子柴をじっと見つめていた。

彼から伸びた枝葉は、風もないのにざわついている。まるで、彼が心の中で葛藤(かっとう)しているかのように。

「……自分で受け止めるには重いものって、他人に何かされることで何とか救われるってことがあるんですよ。戸張センセーに、死者は心の中にしかいないって言われたら、オレはその重いのを受け止めなくちゃいけなくなるじゃないですか」

「す、すまない……」

「センセーは、オレよりもずっと現実的だ。こんな非現実的なコトすら、現実として受け止めてるんだから」

「それは、私が非現実側の人間だからかもしれないな。だが、こんな状況で冷静に分析しているのはそれだけじゃない」

戸張の手には汗が握られ、額には大粒の汗が滲(にじ)む。心の底から動揺しっ放しだというのに、戸張の頭だけはよく回っていた。

それは、何故か。

「どうして……ですか」

御子柴が問う。

「君に非現実的な存在になって欲しくないからだ。君が神憑きになったら、私が悲しむぞ！」

戸張の主張に、御子柴はキョトンとする。

だが、次の瞬間、ぷっと噴き出した。

「ははっ！　センセー、感情論に訴えてるし！」

「わ、笑うな！　私は真剣だ！」

「さーせん、つい」

「……つい、じゃない」

「でも……嬉しいっす」

御子柴は、からっと笑う。

先ほどまで意気消沈していたとは思えないほどの、晴れ渡った笑みだ。

「……あいつの助けになれなかったことは、もう、取り返しがつかないことだから。許されるにしろ罰されるにしろ、今更、あいつに審判を頼むのは都合が良すぎる。どっちになっても、オレ的には救われちまうと思うんで」

「……そうか」

「結局のところ、オレは過ちを繰り返し思い出して、後悔することから逃げたかっただけなんだ。でも、それは死者に委ねるべきじゃない。自分で落としどころを見つけないとって、センセーの言葉を聞いて思いました。その落としどころをどうするかは、これからじっくり考えなきゃだけど」

「……そうだな」

御子柴から伸びる宿木は、いつの間にか成長を止めていた。枝葉は揺れ動くのをやめ、石のように直立している。

御子柴は、自らが生きる物質的な世界の地に足を付け、戻ってきたのだ。

戸張はひとまず、胸を撫で下ろす。

「……あとは、その気持ち悪い木を引っこ抜くだけか」

事態が収まったのを見計らい、猪森が歩み寄る。

「ええ。しかし、御子柴君と完全に一体化してしまっている。物理的に引き抜いていいものではないでしょうね」

難色を示す戸張に、猪森が肩を竦めた。

「簡単なことだろ。全ての元凶である神様をぶっ殺せばいいんだ」

「……神殺しは、まだ諦めていないんですか」

しかし、戸張には説得する術が思いつかなかった。それに、会って話を聞きたい人物もいた。

「一度、ガイド用の小屋に戻りましょう。久木さんに話を聞かなくては」

戸張は猪森をそう促し、御子柴の手を引いて外に出ようとする。

その時、御子柴が唐突に立ち止まった。

「来た」

「御子柴君？」

戸張が聞き返すと同時に、御子柴が膝を折る。彼のうなじから伸びた宿木が、急に、めきめきと音を立てて成長し始めた。

「ううっ……」

「御子柴君！」

御子柴が苦しげに呻き、戸張が御子柴を支える。猪森は舌打ちをして、拝殿の扉を開け放った。

バタァンと大きな音が夜の森に響き渡る。

外では小雨が降り、湿度をぐんと上げていた。むっとした緑の匂いが三人を包む。

そんな中、拝殿の前にたたずむ人物がいた。

「久木さん……」

それは、久木正吾だった。

ツアーに参加していた時のように、穏やかで人当たりの良さそうな笑みを浮かべている。

真っ暗な森を背景に、それはあまりにも場違いであった。

「あなたの名前を……島の古い手紙で見つけました」

戸張は告白状を引っ摑み、単刀直入に言った。

すると、久木は動揺する素振りもなく、日常会話をするのと同じトーンで返す。

「困った人達ですね。ひとの家を勝手に荒らすなんて」

「テメェの家だぁ？」

猪森は、久木に銃口を向ける。

だが、久木は顔色一つ変えない。

「社は神の家ですしね。僕の主張は当然だと思いますが」

「あんたがオヤドリ様……なのか？」

戸張は、用心深く久木を見つめる。

久木は笑顔のまま、戸張を見つめ返した。

しかし、その笑みにはどことなくぎこちないものが窺（うかが）える。時折、瞼（まぶた）や口角が、ぴくぴくと痙攣（けいれん）するのだ。

月が覆い隠されている上に、照明を向けていないのに、久木の姿はやけにはっきりと見える。

まるで、ぼんやりと輝いているような——。

「僕は、人を幸福にしたい。その一心で働いてのし上がり、やがては、この島に産業を齎した」

久木は、遠い目で語り出す。

「この島の人々は、水道も電気もない中、自給自足で生活をしていました。彼らなりに幸福だったかもしれませんが、医療も充実していないので、病に倒れて亡くなる人が多かった。本島の人々に比べて極端に貧しかったので、本島で治療をするのもままならなかったのです。そんな彼らにとって、油田開発は大きな利益になると考えました。いずれ、炭鉱で栄えた長崎の端島のようになれば、彼らの生活は裕福で満たされたものになる」

「……その矢先に、あんたは反対派の島民に油田に落とされた。転落事故を装って」

有り得ない話だ、と戸張は心の中で呟く。

既に、その事件から半世紀経っている。

それなのに、久木は死んでいるどころか元気だし、若いままの姿だ。仮に生きていたとしても、相応に年を取っているはずである。

しかし、神憑きの衣服こそボロボロであったが、肉体は当時の姿のままのようであったことを思い出す。そして、撃たれても再生していたという話も。

久木もそれに似ていた。だが、決定的な違いもあった。

「今のオレなら分かる……。そいつが、オヤドリ様で間違いない！」

うなじから伸びる宿木を押さえながら、御子柴は久木を指さす。

『御宿り様』という名の通り、人間の肉体に宿り、成長する異質なるモノ。そいつはもう、人間じゃない……！」

「おかしいな」

御子柴に正体を当てられても尚、久木はマイペースでそう言った。

「君はまだ、こちら側に来ていないようだ。死者の声を聞きたがっていたはずなのに」

「戸張センセーが、自問自答しているだけって教えてくれたんだよ……！　それに、センセーを悲しませたくないんでね」

苦しげに顔を歪めながらも、御子柴は吐き捨てる。久木の表情は、露骨に不機嫌になった。

「仮に、死者が生者の認知の檻の中にいるとしても、生者の意識を限りなく彼らに近づけることで、彼らは生者にとっての現実と成り得る。物質世界に生きている人間も、結局は、本人の認知の枠の中で生きているんだ。だから、相手が物質世界の存在であろうと認知の中だけの存在だろうと、関係ないと思うけどね」

久木は、御子柴を通じて戸張の言葉を借りながら反論する。

自分の言葉を使われた戸張は、久木と妙な繋がりを感じてしまい、不思議な気持ちの悪さを体験した。

今の久木はやはり、人間以外の何かなのだと実感する。

「僕はみんなを幸せにしたいだけなんだ。人間は心の壁を作り、個としてあろうとする。だからいがみ合い、争いが生まれる。みんなが一つになって理解し合えば、争い合って不幸な結果になることはなかったのに……」

それこそ、久木が事業を続けていれば、根ノ島は廃墟ばかりのミステリースポットではなく、豊かな島になっていたかもしれない。

「久木さん……。いや、オヤドリ様と言うべきか。あなたは島に来て、オヤドリ様に憑かれたんですか？」

「久木が落とされた先に――ワタシがいた」

久木の声が、急にがさついたことに戸張は驚愕する。

とてもではないが、人間のものとは思えない。何処から発声しているのかもわからない声だった。

「久木……さん？」

「遥か昔、ワタシは流星となって地上に舞い降りた。凍り付いていたワタシのカラダのほとんどは燃え、海の底で眠ることとなった。そして、幾星霜の時が過ぎ、半身すら喪ったワタシのもとに、カラダが落ちて来た――」

「ま……」

待ってくれ、と言おうとしたが、戸張の言葉は声にならなかった。

御子柴も、猪森も目を白黒させている。二人とも、久木の話が理解できていないのだ。

もちろん、戸張も例外ではない。

「久木さん――いや、オヤドリ様……か？　あんたは空から落ちてきた存在で、他の生き物の死骸とともに原油の中に溶けていたと……そういうことか？　それで、島民に襲撃された久木さんが落ちて来たから、久木さんの身体を乗っ取り、久木さんのように振る舞っていた——と」

「いかにも」

拝殿の中のご神体を思い出す。あれが半身だったのだろう。もう半身は石油の中に溶けていて、久木と出会ったのだ。

「ワタシは、カラダを得た。少しずつ、同一のソンザイである子を増やし、ワタシの行動範囲を広げ、認知を得て、喪ったものを取り戻していった」

「その、子というのは——」

戸張は、御子柴を見やる。

御子柴に取り憑いている宿木が、正にそれなのだろう。

「わからないことだらけだが、わかって来たぞ。根ノ島自体の地盤がオヤドリ様に侵されていて、地下水まで影響を受けていたんだ……」

ゆえに、根ノ島の水を飲むことで、オヤドリ様の子である宿木が芽吹くことになったのだろう。だが、対象は全員ではなく、オヤドリ様に強く惹(ひ)かれる要因があることが前提だ。

それは即ち、死者——概念の存在に近づきたいという強い願いだ。

「事故死した連中が神憑きになったってのは……」

「生への執着だ」

御子柴の疑問に、戸張が答えた。

「死に近づく者が、死を超越したいと強く願ったからなのかもしれない。オヤドリ様に侵された水を口にした者は、生死の境を超えようとすると宿木が芽吹くんだ……！」

神の恩恵を得れば、境界が取り去られる。

久木が神憑きに連れ去られた時に、告げられたという言葉だ。

この時も、神憑きに攫われたのではなく、自作自演だったのだろう。久木は戸張を安全な小屋から連れ出そうとしたのかもしれないし、死者に惹かれていた梶山と接触するつもりだったのかもしれない。

「オヤドリ様は、あの世とこの世の境界を曖昧にする存在なんだ……！」

戸張は久木――、いや、オヤドリ様をねめつける。

「オヤドリ様は物質にして概念の存在……。神憑きが他人の思考を感じ取ることが出来るように、他者の認知に枝葉を伸ばすことが出来るのだろう。物質的に対象を乗っ取るだけでなく、認知が広まることによって力を増す。つまり、根ノ島で死者に会えるという噂を広げたのは……」

「オヤドリ様本人ってことか……」

御子柴は、苦々しげに久木――いや、オヤドリ様を見やる。

彼は、宿木を植え付ける相手を常に欲していた。だから、船を繋いでいたロープを断って一同を閉じ込めた。

彼は神憑きを使ってツアー客全てを贄にするつもりだ。ガイド小屋にいる三人も、無事では済まないかもしれない。

「それじゃあ、不老不死になるっていう噂もそうか。不老不死を求める奴ってのは、死や老いを退けたがっている奴だ。退けたがってるってことは、認知してるし、超越もしようとしているってことか——先生」

猪森の問いに、「ああ」と戸張は頷く。

「それじゃあ、もうこんなところに用はねぇ。通してくれねぇか、神サマ」

猪森は挑発するように、オヤドリ様に言い放った。

だが、オヤドリ様は沈黙していた。

「おい、神サマ。何とか言えよ」

猪森は照準を久木の頭部に合わせる。その瞬間、久木の口からごぼりと黒い水が溢れ出した。

「ひぃっ！」

戸張が思わず、短い悲鳴をあげる。

「真実を見抜くモノ、興味がある。このカラダは、古くなった。オマエのカラダが欲しい」

久木の口のみならず、目の周りからも黒い水が染み出してくる。ツンとした異臭が辺りに漂い、久木が歩くたびに黒い水たまりを作った。

「おい、先生！　あんたが頭良すぎて気に入られてるじゃねーか！」

「ち、違う！　私はただ、目に見えないものを夢想するのに慣れているだけなんだ！」

猪森にどつかれ、戸張は焦る。

だが、オヤドリ様の言葉には続きがあった。彼は猪森のことを、すっと指さす。

「オマエも、ワタシの子を宿すのに相応しい」

「あ?」

「オマエの娘は、いずれ病で死ヌ。そうすれば、娘に会いたくなるダロウ」

その一言に、戸張と御子柴はハッとする。

不死の血は、猪森本人のためではなかった。彼には病に侵された余命いくばくもない娘がいて、それを救うために神殺しをしようとしたのか。

「テメェ!」

ダーン、と銃声が響く。

猪森が引き金を引き、弾丸が久木の額を貫いていた。

「猪森さん!」

戸張と御子柴が驚き、猪森が忌まわしいものを見る目でオヤドリ様をねめつけていると、久木の身体が、大きくのけぞった。

「ア……アッ……ウウッ」

言葉にならないくぐもった声をあげたかと思うと、次の瞬間、額に空いた大穴から白い枝葉が溢れ出した。

「うわああっ!」

一同は声をあげる。

それは、枝葉と表現するほど生易しいものではない。急速に覆い尽くされた頭部は、もはや一本の木のようになっていた。

ミチミチッと久木の足元から嫌な音がする。彼の靴を破って根が這い出し、戸張達に向かって一直線に伸びてきた。

「逃げろ！」

戸張は御子柴を引っ張って拝殿を脱出し、猪森はそれに続く。根はあっという間に拝殿の中に到達し、内部を浸食していく。

「くそっ、あの化け物め！」

猪森は舌打ちをした。

「どうすんだ！　逃げるのか⁉」

猪森の問いに、戸張は首を横に振った。

「いや。島自体がオヤドリ様に侵されている以上、何処に逃げても同じだ。神憑きがきっと、我々を見つけて捕らえるに違いない」

それに、久木とは当初、本島で遭遇している。オヤドリ様自体は根ノ島から離れることができるのだ。

その範囲はわからないが、神憑きを増やそうとしている以上、放っておくわけにはいかない。いずれ、本島にも彼の枝葉が伸びる可能性があるし、更にその先にも影響が及ぶかもしれない。

それ以前に、御子柴が神憑きになりかけているのだ。ここで決着をつけるしかなかった。恐ろしい。

戸張は恐怖に呑まれていた。

宇宙からの来訪者。常識をゆうに超える生態。状況を分析できているのか、狂気の妄想なのか、もう、戸張は分からなかった。

悪夢を見ているのかと思うくらい、相手も現状も無茶苦茶だ。

だが、目を背けてはいけない。

直面する恐怖に身を委ねて叫び出しそうになるが、戸張は今まさに自分以上の危機に見舞われている若者のことを想って、悪夢と向き合った。

「何とかしなくては。いや、なんとかするしかない」

「だが、猟銃すら効かないぜ！　こんなに雨も降っていたら、火だって使えやしねぇ」

オヤドリ様の子であり同一の存在という神憑きは、火を恐れていた。ならば、オヤドリ様もまた火が弱点のはずだ。

(それに、木は火を生じるという概念は陰陽五行にある。木に似た性質を持つオヤドリ様もまた、その影響を受けて燃えるに違いない)

だが、肝心の火は、雨の前では無力だ。

「あれ……！」

御子柴は、宿木のせいで動きにくくなった腕で、辛うじて拝殿の裏を指す。

そこには、ガスボンベが並んでいた。

「プロパンガスか……！　ガスならば、着火できると思うが……」

「やってみるしかないっすよ！」

古いのではないかとかガスが足りないのではないかという戸張の懸念を察した御子柴が、戸張を勇気づけるように小突く。

辺りがぼんやりと明るくなり、葉音が近づいてくる。オヤドリ様は、自分達を追ってきているのだ。

「俺が撃つ！　ボンベを開けてくれ！」

猪森は戸張に工具を渡し、拝殿から距離を取る。

「ええい、なんとかなれ！」

戸張はヤケクソになりながらも、工具を使ってガスボンベを開こうとする。

だが、焦っているせいか、それとも、単純に腕力が足りないせいか、弁は動かない。

「センセー……！」

御子柴が戸張とともに工具に手を添える。

宿木に顔が覆われかけて苦しいはずなのに、彼は歯を食いしばって戸張を手伝った。

「開け！　開けぇぇ！」

戸張は全身全霊の力をふりしぼる。御子柴と力を合わせたのが幸いしてか、手ごたえはあった。

ガスが漏れるイヤな音と、強い臭いが辺りに満ちる。

「逃げるぞ！」

戸張は御子柴を抱えるようにして、拝殿から離れる。

オヤドリ様はすぐに、拝殿の裏手へとやって来た。

「ボクは、みんなを幸せにシタイ……。敵も味方も、生者も死者も一つになれバ、喪う悲しみもなくなるハズ。だから――ワタシの子を宿したモノは、皆、幸せを感じていタ」

久木の身体は枝や根に覆われて、ほとんど見えなくなっている。

それでも尚、オヤドリ様の中には久木の信念が残っており、彼の善意を実現させるために戸張達を捜していた。

久木は他者を幸せにしたかった。だが、そう思わないものに拒絶されて命を落としてしまった。

オヤドリ様はただ、生きたかっただけだった。だが、彼の生き方は戸張達にとって受け入れ難いものだった。

久木を落とした人達だって、彼らなりに生活を守りたかっただけだった。皆がエゴを通そうとした結果、ぶつかり合うことになってしまった。

確かに、皆が一つになれば避けられたかもしれない悲劇だ。

しかし、一つになった世界で、自分とは正反対の行動力に溢れる愛すべき若者に会えただろうか。

答えは否。

人は違うからこそ争い合う。だが、違うからこそ成長し合うのだ。

御子柴がいなかったら、戸張は売れない自作と向き合いながら自宅で悶々（もんもん）とし続けていたことだろう。

「伏せろ！」

猪森が叫び、戸張は御子柴とともに地に伏せる。

銃声が鳴り響くと同時に、熱が戸張の背中を掠（かす）めた。辺りが、昼間のように明るくなる。

「ウアァッ……！」

振り返ると、オヤドリ様は炎に巻かれていた。

身体から漏れた黒い水は、原油だったのだろう。小雨程度では収まらないほどに炎が猛（たけ）り、その中で久木の原形を失った怪物がもがき苦しんでいる。

「すまない……。せめて私の中では、君達を忘れないようにしよう……」

心の中に置くことで、彼らは概念の世界で生き続けることになる。

戸張の言葉に満足したのかそれとも偶然か、もがいていたオヤドリ様の影は急速に小さくなる。

炎の中で、久木の顔が見えた気がした。彼は茫然（ぼうぜん）自失とした表情をしていたが、やがて、眠るように目を細めた。

無念のまま終わるはずだった彼の人生。オヤドリ様に取り込まれた彼は、その無念を少しでも晴らすことができたのだろうか。

それは、本人しか分からない。

哀悼の念を以て見守る戸張の前で、久木は安堵したように目を閉じた。それはまるで、長い旅を終えた安心感のあまり、眠りにつくかのようだった。

久木の姿が崩れ落ちると、木乃伊のようでいて珪化木のようなものが中から現れた。拝殿にあった御神体の片割れだ。

しかしそれも、跡形もなく燃え尽きる。

滴り落ちた原油を舐めていた炎も、原油を舐め尽くして消えていく。

「おやすみ、久木さん」

そして、外の世界からの来訪者よ。

戸張は静かに、黙禱を捧げた。

「あっ……」

御子柴が声をあげる。

彼のうなじから生えていた枝葉もまた、ぼんやりとした光に包まれて輪郭が曖昧になり、あっという間に、光の粒子となって消えた。まるで、そこにあったのが嘘であったかのように。

「肩、軽くなった」

「良かったな……」

本当に。

戸張は安心のあまり、涙が出そうになる。

「あれ？　泣いてるんすか、センセー」

「な、泣いてない！　灰が目に入ったんだ！」

当の本人があまりにもキョトンとしているので、戸張は思わず声を荒らげてしまった。

「……神様、結局殺しちまったな」

猪森の顔には虚しさすら窺える。神を殺すという目的は果たせたが、彼の本当の願いは果たされなかったのだ。

「いいや」

戸張は、静かに首を横に振る。

「オヤドリ様の器は無くなったが、我々が覚えている限り、彼らは存在している。今日のことを未来に繋げれば、彼らも生き続けるということになるかもしれないな」

どう繋げるかは、当事者である自分達次第だ。できることならば、似たような事件が二度と起こらないように活かすしかない。

現実的にはあまりにも有り得なくて、似たようなことが起こるとは思えない。

だが、そんな事件に遭遇したのも事実だ。

自分達は、現実的とか常識的とかいう言葉に認知を歪められ、真実が見えていないのかもしれない。自分達の過ごしている日常のすぐそばでは、非日常が平然と存在しているのだと戸張は実感した。

小雨は少しずつ弱くなる。

雲間から、曙に染まった空が顔を覗かせた。

念のため、拝殿の中の御神体の様子を窺ったが、幻であったかのように消えていた。

終幕

朝日が根ノ島を照らし出す頃に、戸張と御子柴と猪森はガイド用の小屋の一同と合流した。

木下曰く、小屋を囲んでいた神憑きはいつの間にか消えていたという。

小屋の周りに点々と黒い水たまりがあり、白い小枝のようなものが落ちていた。戸張は、神憑きになっていた人達の骨だろうと察したが、敢えて口にしなかった。無事に夜を越せた一同に水を差す必要はない。

「それにしても、良かった。みんなが無事で」

木下は三人を——いや、主に御子柴の方を見て胸を撫で下ろす。

「いや、久木サンが……」

「久木さん？」

事情を説明しようとする御子柴であったが、木下は首を傾げた。

「あれ？　島のことを調べに行ったのは三人でしたよね」

楠居もまた、キョトンとしている。御子柴と戸張は、顔を見合わせた。

「えっ、でも、もう一人いたような……」

梶山は怪我の治療のあとをさすりながら、記憶の糸をたぐり寄せようとする。だが、久木のことは思い出せなかったようだ。

彼のことは、戸張達しか覚えていなかった。三人は狐につままれたような表情のまま、しばらくの間、広場で立ち尽くしていた。


その後、猪森には本島の釣り人が早朝に小舟で迎えに来た。

「じゃあな」

「猪森さん……」

「そんな顔をすんなよ、先生」

うつむく戸張に、猪森が苦笑した。

「だが、あなたの娘さんは……」

「……まあ、まだ時間がある。それに、手術を受ければ治る確率はゼロじゃねぇ。可能性は……低いがな」

猪森は猟銃を隠しながら、小舟に乗る。

「娘とどう向き合うか、今一度考えてみる。俺はこの通り、乱暴者で不器用な男だ。今までちゃんと向き合えなかったし、今もご覧の通りだ。だが、そいつを乗り越えなきゃならねぇ」

「……そうですね」

猪森は軽く手を振ると、それっきり振り返らなかった。

猪森を乗せた小舟はゆっくりと遠くなっていく。戸張達は静かに背中を見送っていた。

猪森が超越すべきは、生死の壁ではない。今そこで生きている、愛しい家族との心の壁だ。

彼は戸張と御子柴を見て、そう自覚したのだ。

本島からの救助の船は、猪森が去ってからそれほど経たずにやって来た。

救助の報告を聞いた時から二人減っているのを訝しがられたが、戸張達がいくら本当のことを説明しても首を傾げられるだけだった。

御子柴が証拠としてハンディカムの映像を見せるものの、異常な夜の映像はどれもピンボケしていたり雑音がひどかったりして、証拠になるようなものではなかった。

ツアー中の映像は残っていたが、何故か、久木が映っているはずのシーンだけノイズがひどく、久木がいたことを示すものは何もなかった。

一方、林田は後に、根ノ島の岩礁の上で見つかった。

だが、奇妙なことに、骨と皮ばかりの木乃伊のような状態になっていて、頭部の傷は塞がっていた。御子柴らから転落したという証言を得ていたものの、落下した時の怪我は見当たらなかったという。

神憑きの力が、彼の傷を塞いでいたのだろうか。

戸張達の耳には入らないことだが、林田は子どもの頃、元油田開発反対派の島民とともに活動していて、久木正吾殺害事件に間接的に関与していた可能性が後に浮上したのであった。


そして、戸張や御子柴、木下達一同は、警察に事情聴取を求められたものの、全員の証言がほとんど一致するわりにはあまりにも要領を得ないとのことで、日が暮れる前に解放された。

「あー、やっと解放された！　めっちゃ喉が渇いたー！」

御子柴は、警察署の近くにある自動販売機に硬貨を入れると、一番大きなペットボトルを買う。

「あの宿木に水分を吸われたのかもしれないな」

「センセー、それ、マジでシャレにならないっす」

御子柴は眉をひそめた。

「それにしても、謎がずいぶんと残ってしまった。オヤドリ様の話が本当ならば、彼は宇宙から来たのだろう？　もはや、ラヴクラフトのコズミックホラーの領域だな」

「別に、いいんじゃないですか……？」

「何もいいことはないぞ。根ノ島の一例だけとは思えん」

「いや、謎は謎のままで。たしかにヤベーとは思うけど、もう、オレ達がどうこう出来る話じゃないし。そういうコトもあると肝に銘じるしかないって」

御子柴は遠い目をして根ノ島の方角を見つめる。それを見た戸張は、ふっと笑みを零した。

「まさか、君の口からそんな言葉が出るとは」

「正体が謎のままでも、守れるものはあると思うから。センセーがオレを引き留めてくれたように」

御子柴は、宿木が生えていた辺りをさする。戸張は照れるように頰を掻いた。

「思うことは色々あるが、ひとまずは気分転換とお清めを兼ねて飲みにでも行こうか。まあ、私は酒に強くないが……」

「えっ、無理っす」

「は？」

あっけらかんとする御子柴に、戸張は目を丸くした。

「これから取材ですよ。根ノ島はこの一件で上陸禁止になっちゃったけど、本島にも有名な心霊スポットがあるんで」

御子柴はハンディカムを構える。

「え、いや、今日くらいはゆっくりしないか……？」

「何言ってるんすか。明日の飛行機のチケットを取っちゃってるし、根ノ島の映像は全然使えないし、今夜行かなかったらいつ行くんです?」

「つ、次とか……」

戸惑う戸張の前で、御子柴はスマートフォンを弄る。

「次はないっすよ。人間、いつ死ぬかわからないし。常に今できることを最大限にしましょ。そもそも、宿代や現地の交通費は版元持ちじゃないですか。オレ、橋坂さんに悲しい顔させたくねーし、成果を出さなきゃ」

御子柴がそう言い切るのとほぼ同時に、二人の隣にタクシーが止まる。

「あっ、来た来た」

「いつの間にタクシーを呼んだんだ……」

「今」

御子柴のスマートフォンでは、タクシー配車アプリが起動していた。戸張が舌を巻いていると、御子柴はさっさとタクシードライバーに挨拶に行く。

「あざーっす。アプリでお願いしたミコシバなんですけど、処刑場跡まで行きたいんです」

「処刑場跡ォ!?」

「そう。根ノ島には劣るけど、やベー心霊スポットっす。なんでも、写真を撮ると落ち武者の霊が写るとか」

タクシードライバーが「承りました」と冷静に返す中、戸張は目を剝いてしまう。

そんなところを、御子柴のハンディカムはしっかりと撮影していたのであった。

離島まで行ったというのに、戸張のスマートフォンには宿の前で御子柴と撮った記念写真しかなかった。

二日目に心霊スポットへ突撃した後だったので、戸張は十歳くらい老けた顔をしていたし、目が完全に虚ろであった。

だが、その甲斐あってか、御子柴は撮れ高バッチリの動画が撮れ、編集してアップロードするなり、彼のファンがこぞって拡散して大反響となり、再生回数がうなぎ上りになった。その動画の最後に戸張の本の紹介があったので、戸張の本の売り上げも上がった。

そのお陰か、有り難いことに、少量ながらも重版する運びとなった。

「生まれて初めての重版だ……！」

重版報告の手紙と再版見本を前に、戸張は喜びに打ち震える。

彼は自宅の六畳一間にいた。

目立った家具と言えば、執筆用の机と横にある大きな本棚くらいか。本棚の隙間という隙間に本が差し込まれており、溢れたものは下に積まれている。

重版の臨時収入を何に使おうかと、戸張は心を躍らせる。

せっかくなので、少し贅沢をしたい。神保町の書店に行って、ハードカバーの本でも大量に買おうか。

浮かれる戸張であったが、次の瞬間、インターホンのチャイムが鳴った。

「ん、なんだ？　通販でも頼んでたかな」

重版の嬉しさで冷静さを欠いていた戸張は、訪問者を確認せず無防備に扉を開けてしまう。

「はい、何か――」

「戸張センセー、お邪魔しまーす！」

ぬっと、見慣れたスマートフォンが目の前に突き出された。

自撮り棒にスマートフォンをつけて現れたのは、御子柴である。

「み、み、御子柴君！　どうしてここに！」

「え？　調べたっす」

「どうやって!?」

「いろいろ」

御子柴は愛嬌のある笑みを浮かべるが、戸張はぶるっと震えた。一体、何処から住所が漏洩したのか。

「第一、何しに来たんだ！」

「今日は、心霊スポットである戸張センセーの家を調査しようと思って」

「心霊スポットじゃない！」

戸張は目を剝きながらツッコミを入れる。

「あははっ、冗談だって」

御子柴はひとしきり笑うと、スマートフォンのカメラをずいっと戸張に押し付けた。

「でもセンセー、オレとセンセーっていいコンビだと思うんですよね。前の動画、センセーのツッコミが絶妙だって好評だったんですよ」

「そ、それは何より……」

漫才をしたつもりはないのだが、御子柴の動画のお陰で重版に至ったので、ぐっとこらえて御子柴に合わせる。

「んで、次は何処に行きます？」

「なんて⁉」

「やだなー。センセーはもう、レギュラーメンバーっすよ。因みにこれ、ライブ配信してるから」

「なんだってーッ⁉」

戸張はのけぞり、御子柴は無邪気に笑いながらカメラを向ける。

その日のライブ配信同時接続数は、御子柴のチャンネルの過去最高記録を叩き出したという。

本書は書き下ろしです。
この作品はフィクションです。実在の人物、団体等とは一切関係ありません。

蒼月海里（あおつき　かいり）
宮城県仙台市で生まれ、千葉県で育ち、東京都内で書店員を経て作家となる。日本大学理工学部卒業。主な作品に「幽落町おばけ駄菓子屋」シリーズ、「華舞鬼町おばけ写真館」シリーズ、「モノノケ杜の百鬼夜行」シリーズ、「幻想古書店で珈琲を」シリーズ、「深海カフェ 海底二万哩（マイル）」シリーズ、「咎人の刻印」シリーズ、「怪談喫茶ニライカナイ」シリーズ、「要塞都市アルカのキセキ」シリーズなどがある。

戸張と御子柴　孤島の夜の黄泉還り

2023年6月16日　初版発行

著者／蒼月海里

発行者／山下直久

発行／株式会社KADOKAWA
〒102-8177　東京都千代田区富士見2-13-3
電話 0570-002-301（ナビダイヤル）

印刷所／株式会社KADOKAWA

製本所／株式会社KADOKAWA

●お問い合わせ
https://www.kadokawa.co.jp/（「お問い合わせ」へお進みください）
※内容によっては、お答えできない場合があります。
※サポートは日本国内のみとさせていただきます。
※Japanese text only

定価はカバーに表示してあります。

ISBN 978-4-04-113517-4　C0093

◆◇◇